Max Kruse

Urmel taucht ins Meer

Max Kruse wurde 1921 in Bad Kösen an der Saale geboren und starb am 4. September 2015. Am bekanntesten und beliebtesten sind seine Werke rund um das Urmel. Seine Bücher wurden in zahlreiche Sprachen übersetzt, ihre Gesamtauflage liegt bei über drei Millionen Exemplaren.

Erich Hölle, geboren 1925 in Nürnberg, hat mehr als 600 Bücher illustriert. 13 Kinderbücher stammen gar aus seiner eigenen Feder.

Max Kruse

Urmel taucht ins Meer

Mit Illustrationen von Erich Hölle

dtv

Ausführliche Informationen über unsere Autoren und Bücher
www.dtv.de

Von Max Kruse ist außerdem bei dtv junior lieferbar:
Urmel aus dem Eis, dtv junior 71842

MIX
Papier aus verantwortungsvollen Quellen
FSC® C019821

Ungekürzte Ausgabe
2019 dtv Verlagsgesellschaft mbH & Co. KG, München

Umschlagbild: Erich Hölle
Gesamtherstellung: Druckerei C.H.Beck, Nördlingen
Gedruckt auf säurefreiem, chlorfrei gebleichtem Papier
Printed in Germany · ISBN 978-3-423-71843-1

Wutz entdeckt,
wie begabt sie ist

Man mag sagen, was man will: Am schönsten ist es doch auf der Insel Titiwu, die mitten unter dem Äquator liegt.

Weder in der Stadt Winkelberg noch auf dem Planeten Futura ist es so friedlich. Zwar hatten sie auch hier schon viele aufregende Abenteuer erlebt – wer sie noch nicht kennt, kann auf den letzten Seiten dieses Buches etwas darüber erfahren –, aber schließlich waren ja alle immer wieder gut ausgegangen.

Und so stellt Wutz stets aufs Neue mit Recht fest, wie schön Titiwu ist. Zum Beispiel wenn sie morgens gut gelaunt in ihrer Schlummertonne aufwacht. Sie summt es vor sich hin, wenn sie dem Professor das Arbeitszimmer im Blockhaus aufräumt und die bunt karierte Bettwäsche zum Lüften aufs Fensterbrett in die pralle Sonne legt.

Sie genießt es auch, wenn sie ihren freien Nachmittag nimmt und am Strand spazieren geht. Zuerst hatte sie ja keinen freien Nachmittag haben wollen, denn es gab schließlich immer etwas zu putzen und zu schrubben: sei es nun der Herd, die Porzellantassen oder des Professors Pantoffeln, die sie mit der Kleiderbürste bearbeitete.

Aber der Professor hatte darauf bestanden, dass sie sich wenigstens einmal in der Woche erholte. Sie wurde ihm nämlich oft etwas lästig. Ständig klirrte, klapperte und fegte sie in der Stube herum und natürlich störte ihn das. Besonders, wenn sie von ihm verlangte, er möchte ihr doch helfen den Tisch beiseitezurücken, damit sie darunter wischen könne, öfföff!

Wenn Wutz aber ein paar Stunden freimachte, dann hatte er wenigstens so lange Ruhe vor ihr.

Und so einigten sie sich schließlich auf einen Nachmittag in der Woche. Und als sich Wutz erst einmal damit abgefunden hatte, begann sie es sogar schön zu finden. Etwas langweilig –

aber schön! Sie fühlte sich mit einem Hauch von Vornehmheit umgeben.

Jeden Mittwochnachmittag also machte sie sich nun schön zum Ausgehen. Sie bürstete sich die spärlichen blassblonden Härchen in die Stirn, sie stand vor des Professors Spiegel und spitzte die Schnauze, um sie von allen Seiten zu betrachten, sie band sich ein rotes Band um den Hals, und schließlich spannte sie den kleinen roten Sonnenschirm auf, den ihr Tim Tintenklecks gebastelt hatte, und tänzelte zur Tür hinaus.

»Auf Wiedersehen, Professor!«, quiekte sie. »Du brauchst mich nur zu rufen, wenn du etwas möchtest ...«

»Ja, danke! Nun geh schon!«, antwortete dieser geistesabwesend. Und kaum war sie aus der Tür, fing er an, nach seiner Brille zu suchen. Doch hütete er sich wohl, es Wutz zu sagen. Außerdem fand er sie gleich dort, wo sie immer war: auf seiner Stirn. Er hatte es sich angewöhnt, sie emporzuschieben, wenn er einen besonderen Gedanken hatte. Und das kam bei Professor Habakuk Tibatong außerordentlich häufig vor.

Wutz begab sich an den Strand. Unter dem Sonnenschirm schritt sie dort auf und ab. Sie spielte mit sich selbst die verschiedensten Spiele, zum Beispiel: »Vornehme Dame im Seebad«. Sie ließ sich auf einem Stein nieder und tat so, als ob sie in einer Kaffeetasse rühre. Sie führte diese zierlich zum Mund und beugte sich zur Seite, wo eine andere vornehme Dame mit ihr am Kaffeetisch saß – wie sie sich vorstellte –, und plauderte über das Wetter und über die Schwierigkeiten, in dieser Sonne den Teint blass zu halten. Teint spricht man Tän, das N muss wie durch eine verstopfte Nase klingen, dann ist es richtig. Es ist der französische Ausdruck für Hautfarbe.

Als sie wieder einmal auf diese Weise mit

sich selbst spielte, durchzuckte sie ein freudiger Schreck. Sie verschluckte sich sofort an dem eingebildeten Eis, das sie gerade löffelte: Eisbecher mit Sahne.

»O du saftige Rübe!«, sagte sie zu sich selbst. »Ich bin ja die geborene Schauspielerin! Nicht nur das: Ich erfinde Geschichten! Ich habe Talent! Ich bin eine Schriftstellerin! Wie herrlich! Oh, ich wusste immer, dass etwas Besonderes in mir steckt!«

Sie war so benommen und beglückt von dieser großartigen Entdeckung, dass sie alles andere vergaß, nur noch stocksteif dasaß und vor sich hin starrte. »Eine Schauspielerin, eine Dichterin!«, murmelte sie wieder und wieder.

Das Urmel, Wawa und Ping Pinguin erlebten diesen denkwürdigen Moment als Beobachter mit. Wawas und Ping Pinguins Behausungen lagen nämlich in der Nähe. Wawa schielte durch den Spalt zwischen Schale und Deckel seiner Riesenmuschel. Ping Pinguin hockte in der Kunststoffmuschel, die ihm Neschnem-Kopf Otto auf dem Planeten Futura geschenkt hatte. Hinter ihm saß das Urmel. Wutz bemerkte sie nicht, denn das Bambusgebüsch verbarg sie. Die drei aber konnten Wutz gut durch die Blätter sehen – und hatten ihr Vergnügen daran.

»Pfade, dass ich nicht zeichnen kann!«, meinte Ping Pinguin. »Wutz sieht zu komipf aus!«

»Hoffentlich fällt ihr nicht ein, dass sie mir heute Morgen die Ohren nicht gewaschen hat!«, maunzte das Urmel.

Aber Wutz schwebte in höheren Gefilden! An so etwas Gewöhnliches wie ungewaschene Ohren dachte sie nicht! Ob sie es überhaupt jemals wieder konnte?

Übrigens hatte der Professor einen wichtigen Grund, weshalb er ungestört sein wollte. Er war einer Entdeckung von großer Tragweite auf der Spur.

Und daran war das Urmel schuld!

Urmel taucht ins Meer

Es war einmal besonders heiß gewesen. So ein Tag, an dem die Fliegen matt an der Wand hängen, in den Schulen hitzefrei ist und die Kinder in die Badeanstalten laufen.

Das Urmel lag im Schatten unter dem Bambusgebüsch und hechelte leise vor sich hin – wie ein Hund. Auch Wawa hatte keine Lust, aus seiner Muschel zu kriechen.

Ping Pinguin aber watschelte an den Strand, stürzte sich ins Wasser, tauchte unter und blieb sehr lange verschwunden. Dann endlich kehrte er erfrischt zurück, schüttelte sich die Tropfen aus den Federn und verkündete: »Es gibt nichts Pföneres als ein kühles Bad!«

Hm, dachte das Urmel, wenn das so schön ist, will ich es auch versuchen. Wutz war gerade nicht in der Nähe, und so brauchte es nicht zu befürchten, dass sie ihm verbot, ins Wasser zu gehen.

Schwerfällig und träge – denn es war wirklich sehr heiß! – erhob es sich und patschte zum Ufer.

»Was willst denn du?«, fragte Ping Pinguin. Das Urmel betrachtete die schimmernde Fläche mit einem gewissen Misstrauen. Wasser war ihm bisher immer unangenehm gewesen, wenn Wutz mit dem Waschlappen kam.

»Du willst doch nicht etwa baden?«, fragte Ping Pinguin.

Das Urmel fühlte sich herausgefordert. »Was du kannst, kann ich schon lange!«, sagte es.

»Ach, das wäre ja noch pföner!« Jetzt war Ping Pinguin in seiner Ehre gekränkt. Wenn er schon aussah wie ein Vogel und doch nicht fliegen konnte – was ihn stets von Neuem ärgerte –, so wollte er wenigstens der einzige Landbewohner sein, der so gut zu schwimmen vermochte. »Vielleicht kannst du mit den Füßen ins Wasser gehen, vielleicht sogar bis zum Hals – aber pfwimmen kannst du nie. Nie! Und tauchen erst recht nicht!«

»Du bist 'n ziemlich eingebildeter Vogel!«, quiekte das Urmel.

»Ich bin eben kein Vogel!«

»Na, du siehst aber so aus!«

»Ich bin ein Pfwimm-Vogel!«

»Meinetwegen!«

»Gehst du nun ins Wasser, du Grünpfnabel, oder nicht?«

»Ruhe – ich denke nach!«, rief Wawa aus der Muschel.

Das Urmel überlegte, dass es vielleicht gescheiter gewesen wäre, den ersten Badeversuch unbeobachtet zu machen. Aber es gab nun kein Zurück mehr. Ping Pinguin sah es zu herausfordernd an. Er hatschte sogar wieder ins Wasser, tummelte sich darin, schwamm einmal auf dem Bauch, dann wieder gemütlich auf dem Rücken und rief: »Na los, komm, du kleiner Angeber!«

Das war nun entschieden zu viel. Entschlossen watete das Urmel in die See. Das Wasser umspülte seine Füße angenehm kühl, es umspülte seinen dicken Krokodilsschwanz, es kroch schon ziemlich kalt bis zu seinem Bauch hinauf, der so schrecklich empfindlich war – brrr!

»Haha – weiter traust du dich nicht?«, krähte Ping Pinguin.

Nun wurde es Wawa zu dumm. Er öffnete

seine Muschel und zischte: »Das ist ja heute der reinste Tschirkus!«

»Ist es auch! Urmel gibt eine Vorstellung!«

»Ach ja? Traut es sich etwa, ins Wasser tschu gehen?« Wawa wunderte sich.

Wenn nur der Bauch nicht so kalt gewesen wäre! Das Urmel patschte mit den Vorderpfoten, es machte sich den Hals nass, es tunkte die Nasenspitze vorsichtig ein, es kicherte – und dann schloss es die Augen, um sich mit Todesverachtung kopfüber in die Flut zu stürzen.

Zuerst war es ein Schock. Es verschlug ihm die Luft. Aber dann war es herrlich. Das

Urmel streckte sich lang aus und schlängelte sich geschickt wie ein Fisch voran. Sein Körper bekam ganz von selbst die eleganten Bewegungen eines Delfins. Und es wurde so mühelos vom Wasser getragen, als ob es gar kein Gewicht hätte.

Da richtete es sich auf und schrie: »Was sagt ihr nun?«

»Es kann wirklich pfwimmen!« Ping Pinguin wunderte und ärgerte sich.

»Ich kann noch viel mehr!«, prustete das Urmel. Als sei es in ein altvertrautes Element, in seine alte Heimat zurückgekehrt, tauchte es unter! Mit Händchen und Beinen paddelnd und mit dem Körper schwänzelnd, erreichte es schnell tiefere Regionen, wo es silberne und bunte Fische sah, Muscheln und Wiesen aus Algen …

Von diesem Tage an tauchte das Urmel täglich ins Meer.

Und Professor Habakuk Tibatong machte das sehr nachdenklich. Denn er nahm nun einmal nichts als selbstverständlich hin, sondern versuchte aus allem Folgerungen zu ziehen.

Deshalb führte er mit Wutz ein Gespräch, das dieser nicht besonders gefiel. »Wutz«, sagte er, »unser Urmel scheint ein Fisch-Reptil zu sein. Auch wir Menschen und alle Säugetiere stammen von den Reptilien ab.«

»Igitt!«, bemerkte sie.

»Trotzdem ist es wahr. Das Meer ist unser aller Heimat. Ja, wir tragen stets ein Stück Ozean in uns – all unsere Organe sind von einer Flüssigkeit umspült, deren chemische Zusammensetzung der des Meerwassers gleicht. Wenn wir nun dem Meer entstammen – wie das Urmel es mir erneut bewiesen hat –, könnten wir dann nicht dahin zurückkehren?«

»Ohne mich, öfföff!«

Er ließ sich nicht beirren. »Unser Körper hat die Fähigkeit, im Wasser zu leben, nur verloren. Sie ist im Lauf der Jahrhunderte verkümmert. Aber es müsste möglich sein, sie ihm wieder

zurückzugeben. Wenn es gelänge, die Körperzellen mit bestimmten Substanzen zu sättigen – ich denke da besonders an ein Helium-Sauerstoff-Gemisch –, wenn es gelänge, den im Wasser reichlich vorhandenen Sauerstoff irgendwie aufzunehmen – vielleicht durch die Schleimhäute oder sogar durch die Haut –, dann müssten wir wie unsere Vorfahren wieder im Wasser existieren können!«

»O du saftige Rübe«, seufzte Wutz, »und ich wollte gerade mit dir über Kunst reden. Na, da ist wohl jetzt nichts zu machen!«

Sie kannte den Professor nur zu gut!

Er hörte sie kaum noch. Und in den folgenden

Tagen arbeitete und rechnete er. Er experimentierte mit Pflanzensäften und Chemikalien, er schüttelte Reagenzgläser, ließ Flüssigkeiten über Spiritusflammen verdampfen, er zerrieb Pulver zu mikroskopisch feinen Partikeln – kurzum, er war nicht mehr ansprechbar!

Zwei haben Ihre liebe Not mit der Aussprache

Ausnahmsweise sang Seele-Fant, der See-Elefant, einmal nicht auf seinem Felsenriff. Ihn beunruhigte etwas und er wollte dem Professor davon berichten. Aber gerade heute wurde er von Schusch aufgesucht und so abgelenkt, dass er es zunächst vergaß.

Schusch ärgerte sich seit Langem darüber, dass Ping Pinguin und Seele-Fant so oft zusammensaßen. Deshalb war er zu ihm hinausgeflogen. »Guten Tag, Seele-Fant«, krächzte er, »wä geht es där?«

»Öst dös eun gutör Tag?«, fragte Seele-Fant. »Mör öst noch nöchts Gutös aufgöfallön.«

»Das Wetter äst doch herrläch! Dä Sonne scheint! Du müsstest einmal mät mär hänaufflägen än den Hämmel …«

»Na ja …«, brummte Seele-Fant, »wönn öch flögön könntö, dann würdö öch ös völleucht auch schön fön-dön – abör öch föttör Kloß kann möch keunön Zöntömötör übör dön Bodön örhöbön. Das öst ungöröcht! Dör eunö kann flögön und schwärmt döm andörön vor, wö schön das öst! Traurög, traurög!«

Schusch schaute Seele-Fant bekümmert an. »Dafür kannst du aber schwämmen und täf äns Wasser hänabtauchen. – Und das Urmel kann es auch!«

Seele-Fant nickte. »Schwömmön öst abör nöcht dassölbö wö flögön!«, meinte er.

Das war richtig. Schusch dachte über diese Weisheit nach. Dann wechselte er das Thema.

»Äch wäll däch ja nächt kränken, Seele-Fant, aber välleicht könntest du där etwas mehr Mühe mät der Aussprache geben? Äch kann däch wärkläch manchmal kaum verstehen. Es heißt zum Beispäl nächt ›schwömmen‹, sondern ›schwämmen‹, und nächt ›flögen‹, sondern ›flägen‹!«

»Unsönn!«

»Unsänn!«, verbesserte ihn Schusch. »Pass mal auf, der Professor hat mär eine Übung gegeben, weil äch früher ämmer Schwärägkeiten mät dem Ä hatte.

Sä gäht so:

»Sälberne Fäsche
hämmläsche Fräsche
särrende Flägen
lägende Zägen …«

»Öch verstöhö keun Wort!«, brummte Seele-Fant. Kein Wunder, denn die I-Übung lautete so: Silberne Fische, himmlische Frische, sirrende Fliegen, liegende Ziegen …

»Sälberne Fäsche, hämmläsche Fräsche, särrende Flägen, lägende Zägen!«, wiederholte Schusch ungeduldig.

Seele-Fant überlegte. Dann brummte er: »Du meunst wohl sölbörnö Föschö – abör du musst döm Proféssor sagön, dass dö Föschö nöcht allö sölbörn sönd, sondörn bunt. Sö habön allö möglöchön Farbön, jödönfalls untör Wassör …«

»Es heißt nächt Wassör, sondern Wasser, Wasser!«

»Löbst du öm Wassör odör öch?«, fragte Seele-Fant.

»Du natürläch!«

»Na söhst du, dann wördö öch ös doch wohl auch wössön, ob ös Wassör oder Wassör heußt.«

»Das hat doch damät nächts zu tun!« Schusch war verzweifelt. »Wenn äch auch nächt schwämmen kann, weiß äch doch, dass es Wasser heißt und nächt Wassör. Du kannst ja auch nächt flägen, aber du weißt doch, dass es Hämmel heißt …«

»Ös heußt Hömmöl!«, brummte Seele-Fant mürrisch.

»Du läber Hämmel!«, kreischte Schusch außer sich.

Seele-Fant unterbrach ihn. »Löbör Freund! Ös heußt ganz böstömmt Hömmöl – abör wör wollön uns nöcht streutön. So oder so kann öch nöcht hönaufflögön und das öst wörklöch schröcklöch traurög. Ös muss hörrlöch seun … Wö machst du ös nur? So?« Seele-Fant richtete seinen Oberkörper auf und wedelte mit den Flossen.

Schusch stellte sich neben ihn, breitete seine Flügel aus, machte einen kleinen Hupfer, und schon flog er über das Meer. Es sah so leicht aus.

»So mache äch es!«, rief er. »Du musst nur ein wenäg üben – auf Wädersehen, bäs morgen!«

Seele-Fant bewegte seine Flossen auf und ab. Dazu murmelte er: »Öch flögö, du flögst, ör flögt …« Aber es war vergeblich. Und als er das einsah, presste er seine Flossen an sein Herz und sang das sehr traurige See-Elefanten-Lied: »Wönn öch eun Vögleun wör und auch zweu Flögleun hött …«

Jedoch – da fiel ihm plötzlich wieder ein, was er dem Professor erzählen wollte.

Er ließ sich ins Wasser fallen und schwamm zur Insel Titiwu. Dort traf er Wawa am Strand und bat ihn, den Professor zu rufen. Wawa machte sich eilig auf den Weg.

Der Professor saß in seinem Arbeitszimmer über einem Papier, das mit vielen Zahlen und Buchstaben bedeckt war.

»Seele-Fant möchte dich sprechen!«

»Oh!«, rief der Professor. »Ist er krank?«

»Glaube ich nicht«, zischte Wawa. »Er hat einen sehr bedeutungsvollen Gesichtsausdruck!«

»Vielleicht hat er Bauchschmerzen …«

Der Professor eilte zum Strand hinab. Mit seinen Gedanken war er ganz bei seiner Arbeit – leider!

»Was fehlt dir?«, fragte er, als er erhitzt am Strand anlangte.

»Mör föhlt nöchts – öm Gögönteul, öch habö heutö Nacht ötwas gösöhön, was hör zu völ öst …«

»Wo?«

»Öm Wassör! Ös schwamm da hörum. Leudör schön dör Mond nöcht, sodass öch sö …«

»Ich denke ›es‹?«

»Neun – ös warön völö Ös!«

»Also ›sie‹!«

»Ja. Das war ös, was öch gösagt habö: sodass öch sö nöcht gönau örkannt habö. Ös warön …«

»Ich denke ›sie‹?«

Seele-Fant blickte den Professor verwirrt an. »Also sö … ös …«, brummte er, »sö … ös … warön eunö Art von Törön, wö öch sö noch nö gösöhön habö. Sö hattön ganz langö Hälsö, so wö Schlangön. Öch habö möch eun wönög göförchtöt!«

»Seltsam«, murmelte der Professor.

»Ös – öch meunö sö – schwammön um dö Önsöl hörum, als ob sö ötwas suchtön …«

»Hm, hm …« Der Professor dachte daran, dass er die Spiritusflamme im Zimmer nicht ausgemacht hatte. »Was könnte es … sie … nur gewesen sein?«

»Ja – öch dachte, völleucht Sööungöheuör!«

»Seeungeheuer?«

»Tschhhhhhhhhhhh«, machte Wawa, der bisher ruhig zugehört hatte. Er sauste in seine Muschel und klappte den Deckel über sich zu.

»Ach, das wird sich als ganz harmlos aufklären!«, meinte der Professor. Geschichten von Seeungeheuern spukten seit Jahrtausenden in den Gehirnen der Menschen herum. Immer wieder waren angeblich welche gesehen worden und doch fehlte bis heute jeder Beweis für ihre Existenz. Es lohnte wohl nicht, sich mit ihnen zu beschäftigen. »Ruf mich, wenn du sie wieder bemerkst!«

Er eilte ins Blockhaus zurück.

Und in den nächsten Tagen sah Seele-Fant die seltsamen Geschöpfe nicht. Deshalb vergaß er sie.

Tim Tintenklecks muss ein Schild ändern

Auch der Professor dachte nicht mehr an Seele-Fants Bericht. Und so wäre eigentlich alles wieder in bester Ordnung gewesen. Aber leider fiel ihm etwas anderes ein: Die Tiere hatten zu lange keinen Unterricht mehr gehabt!

Er bekam ein schlechtes Gewissen. War es nicht selbstsüchtig, wenn er sich immer nur mit seinen Forschungen beschäftigte? Sie hatten doch ein Recht auf Weiterbildung und er war verantwortlich für sie!

Nicht überall war das Leben so einfach wie hier auf Titiwu. Die Früchte wuchsen ihnen sozusagen ins Maul, sie brauchten sie nur von den Bäumen zu pflücken. Dass Wutz sie zu Salaten, Suppen und anderen schmackhaften Gerichten verarbeitete, war mehr ihr Privatvergnügen und keine Lebensnotwendigkeit. Aber die Tiere hatten nun einmal das Sprechen gelernt – mehr oder weniger gut. Dabei konnte es nicht bleiben. Deshalb sollten sie auch das Rechnen lernen. Der Professor hatte es Wutz ja bereits angekündigt, damals, als sie gerade vom Planeten Futura zurückgekommen waren.

Der Professor rief Tim Tintenklecks zu sich und sagte: »Lieber Tim, du hast doch das Schild über der Klassenzimmertür gemalt:

Habakuk Tibatongs Tier-Sprechschule
Unterricht freiwillig – nach Vereinbarung

Ist noch etwas rote Farbe da?«

»Ich glaube!«

»Gut. Dann ändere bitte das Schild. Es muss jetzt heißen: Habakuk Tibatongs Tier-Sprech- und Rechenschule.«

»Und noch: Unterricht freiwillig – nach Vereinbarung?«, fragte Tim sofort.

»Natürlich, natürlich!«

Tim Tintenklecks holte den Farbtopf und einen Pinsel, lehnte eine Leiter an die Tür des Klassenzimmers, kletterte hinauf und versuchte kunstvoll, über das Wort »Tier-Sprechschule« mit einer geschnörkelten Linie »und Rechen« einzuflicken. Man hatte seine Arbeit natürlich bemerkt und stellte sich unten auf. Nicht nur das Urmel, Wawa, Ping Pinguin und Schusch, sondern auch Wutz, die gerade von einer ihrer Strandpromenaden heimgekommen war.

Wutz rief: »Tim! Kannst du nicht alte Blätter unterlegen! Du kleckerst auf die Türschwelle, öfföff, wie soll ich sie jemals wieder sauber kriegen ... Es sieht aus wie Blut, ekelhaft!«

»Rote Farbe sieht nun einmal aus wie Blut!«, sagte Tim.

»Aber doch nicht auf der Türschwelle! Man könnte meinen, hier sei jemand ermordet worden – ach, das ist ja ein ausgezeichneter Titel für einen Kriminalroman: ›Blut auf der Schwelle‹!« In Gedanken begann sie die ersten Zeilen eines Buches zu entwerfen: »Inspektor Wutz zog erstaunt die Augenbrauen hoch und schnüffelte an den verdächtigen roten Flecken ...«

»Ich will aber nicht rechnen lernen!«, maulte das Urmel.

»Rechnen lernen ist doof. Ich will tauchen und schwimmen!«

»Pföner ist das Pfild jedenfalls nicht geworden!«, meinte Ping Pinguin. Tatsächlich hatte

Tim ziemlich geschmiert, denn er hatte kaum Platz für die neuen Buchstaben.

»Streich alles aus, öfföff!«, rief Wutz. »Ich rede gleich mit dem Professor. Wir wollen nicht nur sprechen und rechnen lernen! Wo willst du zum Beispiel noch ›Schreib‹ unterbringen, wenn es später ›Tier-Sprech-, Rechen- und Schreibschule‹ heißen muss? Und womöglich kommen noch Inselkunde, Geschichte und so weiter dazu? Das Beste wäre, einfach ›Habakuk Tibatongs Tierschule‹ stehen zu lassen. Dann brauchst du nicht alle acht Tage am Schild herumzuändern.«

Die Tiere schauten Wutz erschrocken an. Das konnte ja heiter werden! Aber Tim Tintenklecks war es recht, so hatte er weniger Arbeit. Er strich also ›Sprech- und Rechen‹ aus.

Die Farbtropfen klatschten auf die Türschwelle.

»Mal sä doch gleich rot an!«, meinte Schusch. »Dann fällt es nächt mehr auf und nämand muss putzen. Äm Übrägen äst es mär ganz egal, wä dä Schule heißt, solange noch ›Unterrächt freiwälläg‹ dasteht …«

»Woher weißt du denn, dass es dasteht?«, unterbrach ihn Wutz.

»Weil es Täm Täntenklecks gesagt hat!«

»Dann wird es wohl auch stimmen, öff, aber es könnte auch etwas ganz anderes dastehen – wir können nämlich nicht lesen! Jeder kann uns vorschwindeln, was er will!« Wutz lebte sich in ihre Rolle als Detektivin und Romanschriftstellerin ein.

Umso erstaunter waren die anderen. Schließlich bemerkte Ping Pinguin: »Ich sehe pfon, Wutz wird aus unserer kleinen Pfule eine große Universität machen …«

»Eine Tier-Universität!« Wutz grunzte entzückt. »Universität« klang noch viel gelehrter als »Schule«!

Doch Tim Tintenklecks sagte: »Der Farbtopf ist leer!«

Urmel beweist, dass es den Ernst des Lebens noch nicht erkannt hat

Zur nächsten Schulstunde kamen sie alle, sogar das Urmel, wenn auch nur aus Neugierde. Wutz setzte sich in ihren Schaukelstuhl. Ping Pinguin reckte sich daneben auf seinen Watschelfüßen, Wawa verkroch sich unter dem Sitz, denn er glaubte, dort würde er nicht so oft aufgerufen werden. Freilich musste er auf der Hut sein, dass weder seine Schwanzspitze noch eine Pfote unter die Kufen gerieten, wenn Wutz sich schaukelnd hin und her wiegte – dann: »Tschhhhh – aua!«

Schusch hockte auf einem Aststück, das ihm

Tim Tintenklecks hereingeschleppt hatte. Was für ein Schulkind die Bank ist, war für ihn der Ast. Und das Urmel lümmelte sich auf einer Decke, die Wutz fürsorglich ausgebreitet hatte, damit es sich nicht den süßen, zarten Bauch erkältete …

Vor ihnen stand der Professor. Er fuhr sich mit der Hand durch die Haare und rief: »Seid doch bitte ruhig! Wir wollen anfangen!«

»Täm Täntenklecks äst nächt da!«, bemerkte Schusch.

»Petze!« Tim Tintenklecks tauchte vor dem Fenster auf. Dort hatte er sich versteckt gehalten. »Ich kann ja schon lange rechnen!« Er schlenderte über die verkleckerte Türschwelle herein.

»Die Wiederholung wird dir guttun!«, meinte der Professor. »Und jetzt nehmt einmal an, Schusch würde heiraten …«

»Ach, wie aufregend, öfföff«, grunzte Wutz, die dieses Thema ganz besonders fesselte, »hast du dich verliebt, Schusch? Wie heißt denn die Glückliche?«

Schusch öffnete empört den Schnabel, um zu widersprechen, aber der Professor kam ihm zuvor: »Ich sagte doch ausdrücklich ›angenommen, Schusch würde heiraten‹, dann wäre er nicht mehr ein Schuhschnabel, sondern …?«

»Mann und Frau!«, quäkte das Urmel.

»Richtig! Und Mann und Frau sind wie viel Personen?«

»Zwei!«, sagte Tim Tintenklecks.

»Gut! Aber lass bitte die Tiere antworten, Tim. So einfache Rechnungen kannst du natürlich!«

»Das habe ich doch gleich gesagt …«

»Also, merkt euch bitte ein für alle Mal: Eins und eins ist zwei – verstanden?«

»Was is 'n aber, wenn es kein Zweites gibt, kein zweites Urmel zum Beispiel?«, fragte dieses. »Wozu soll ich wissen, dass ein Schusch und noch ein Schusch zwei Schuschs sind, wenn es doch nie ein Urmel und noch ein Urmel geben wird? Zwei Schuschs interessieren mich gar nicht! Das brauch ich nicht zu lernen!«

»Du hast es schon gelernt! So einfach ist das. Und wenn Herr und Frau Schusch – also zwei Vögel – nun ein Ei ausbrüten, wie viel werden es dann?«

»Eine Familie!«, zischte Wawa unter dem Stuhl hervor. Und Wutz rief begeistert: »Wie goldig! Ein Baby!« Vor Wonne warf sie sich gegen die Rückenlehne, sodass der Schaukelstuhl unter ihrem Gewicht nach hinten kippte und die linke Kufe Wawas Schwanzspitze einquetschte. Mit einem Wehschrei schoss der arme Kerl hervor und schubste dabei Ping Pinguin um.

»Pass doch auf!«, schnatterte der, während er sich mühsam aufrappelte.

Der Professor seufzte: »So geht es nicht! Ihr sollt in Zahlen denken lernen. Zwei und eins ist drei … Tim Tintenklecks, du musst mir eine schwarze Tafel auf die Wand malen, damit ich Zahlen darauf schreiben kann!«

»Das nützt gar nichts, öfföff!«, rief Wutz. »Wir können ja nicht lesen. Das musst du uns zuerst beibringen, mir jedenfalls, wenn die anderen zu faul sind! Ich möchte schreiben lernen!«

Wutz hatte recht. Aber wenn der Professor Lese-, Schreib- und Rechenunterricht geben sollte, wann blieb ihm dann noch Zeit für seine Studien? »Ob du mir wohl helfen könntest, Tim Tintenklecks?«, fragte er.

»Soll ich Lehrer werden?« Tim Tintenklecks war entsetzt.

»Das wärd välleicht ein ganz lustäger Unterrächt …«, schnarrte Schusch.

Aber Wutz rief: »Ich will keinen lustigen Unterricht, ich will schnell lesen und schreiben lernen. Ich will gleich damit anfangen. Ich hole jetzt Papier und Bleistift!«

Wutz erhob sich und trottete ins Arbeitszimmer.

Als sie wiederkam, trug sie Papier und Bleistift im Maul. Sie setzte sich auf den Boden, legte beides vor sich und betrachtete betrübt das Blatt. Es war an einer Stelle feucht geworden und zeigte die Abdrücke ihrer Zähne. Es waren sogar Löcher darin. »Ich kann nur auf schneeweißem Papier schreiben …« Wutz seufzte. »Das sieht so schön aus – schöne Gedanken brauchen auch eine schöne Unterlage!«

»Wir versuchen es trotzdem!«, sagte der Professor tröstend. »Tim Tintenklecks, bitte fang schon mal mit dem A an!«

Tim Tintenklecks rümpfte die Nase. So gern er Wutz hatte und so gern er bastelte, malte, hobelte und zimmerte – Schulunterricht mochte er nicht geben. Trotzdem steckte er Wutz den Bleistift zwischen die rechten Vorderklauen. Dann nahm er ihr Bein und führte es über das Papier: einmal schräg links herunter, einmal schräg rechts herunter und zuletzt quer hindurch.

»So«, brummte er und ließ ihr Bein los, »so sieht das A aus. Nun versuch es selbst!«

Wutz quiekte: »Wie schön! Öff! Ich habe ein A geschrieben. Schau doch mal her, Urmel, schaut mal, Ping Pinguin, Wawa und Schusch – ich kann ein A schreiben!« Sie war so aufgeregt vor Glück, dass sie den Bleistift verlor.

Tim Tintenklecks gab ihn ihr wieder. »Versuch es erst selbst einmal!«

Und Wutz probierte es. Steif führte sie den

Stift über das Papier. Es wurde ein Strich, der so aussah, als sei eine in Tinte gefallene Ameise aufgeregt über das Papier gekrabbelt.

»Das ist ein Blitsch!«, bemerkte Wawa scharfsinnig.

Wutz versuchte es erneut. Sie setzte an der anderen Ecke an.

»Und nun äst es ein zweiter Blätz«, sagte Schusch, »wenn Wutz noch weiterschreibt, wärd es ein Gewätter!«

»Schön! Jetzt mal den Donner und eine große Regenwolke!«, rief das Urmel.

Wutz schnaufte bekümmert. »Ich habe mir so viel Mühe gegeben, öff, aber meine Ge-

lenke sind zu steif!« Tränen tropften aus ihren Augen – nun regnete es auf ihr Gewitterbild. »Ich werde nie schreiben lernen! Was für ein Unglück – denn ich bin eine so begabte Dichterin!«

Besuch kommt mit Geschenken

Der Professor redete Wutz gut zu. »Noch nie ist ein Meister vom Himmel gefallen. Alle Schulkinder lernen das Schreiben schwer.« Aber er wurde dabei von einem Geräusch unterbrochen, das sie alle kannten. Ein Brausen, Brummen und Knattern näherte sich.

Das Urmel spitzte die Fledermausohren und sauste ans Fenster. Es streckte seinen langen Hals weit hinaus. »Futsch kommt!«, rief es. »Mein Freund Futsch – mit diesem fliegenden Dingsda …«

Alle liefen aus der Stube. Der Hubschrauber landete in angemessenem Abstand. König Pumponell von Pumpolonien stieg aus.

Das war aber eine Überraschung! Sie begrüßten sich. Und als der König sich den königlichen Schweiß von der Stirn gewischt hatte, sagte er: »Mein kleiner Diener Sami hat leider Grippe, aber ich wollte unbedingt wieder einmal sehen, wie es euch allen geht. Außerdem habe ich Ihnen einen Brief vom Direktor Doktor Zwengelmann mitgebracht, Professor!«

»Na, das wird ein schöner Unsinn sein!«

Der König lachte und sie gingen alle zusammen ins Blockhaus, wo Wutz einen Kaffee kochte. Sie gerieten ins Plaudern. Der König wollte viel wissen: »Wie sieht es in der unterirdischen Höhle aus? Haben Sie das Rätsel der Riesenkrabbe gelöst? Sie ist ein unheimliches Tier! Sind Sie zu ihr vorgedrungen – und können Sie mir nun etwas Lachgas in der Flasche mitgeben? Meine Politiker sind so grässlich humorlos. Würden sie mehr lachen, stünde vieles besser bei uns!«

Der Professor bekam einen roten Kopf. Er hatte die Krabbe über seinen neuen Forschungen vollständig vergessen.

Das Urmel wollte ihm helfen und rief: »Wir konnten uns doch nicht um die olle Krabbe kümmern, weil wir nämlich inzwischen auf einem anderen Tapeten waren …«

»Planeten!«, verbesserte Ping Pinguin. »In einem wunderpfönen Raumpfiff!«

Glücklicherweise musste der König hierüber so lachen, dass ihm die Tränen über die Backen kollerten. Sein runder Bauch hüpfte auf und ab. So merkte er nicht, dass Tim Tintenklecks dem Urmel einen Rippenstoß versetzte und Wawa empört zischte, denn der Professor hatte sie angefleht, nichts von diesem Erlebnis zu erzählen. Er wusste ja, dass man ihm nicht glauben und ihn nur für noch verrückter erklären würde.

»Ein köstlicher Witz!«, rief der König endlich. Und dann schnaubte er sich die Nase.

Habakuk Tibatong war froh, dass der König nicht weiter nachforschte. Deshalb sagte er schnell: »Ich verspreche Ihnen, in die Höhle

einzudringen. Sie sollen das Lachgas bekommen. Ich hoffe es verflüssigen und in Flaschen füllen zu können.«

König Pumponell war damit zufrieden. »Also komme ich bald noch einmal wieder«, sagte er und stand auf, um sich zu verabschieden. Er fasste in seine linke Rocktasche und gab dem Professor ein verschlossenes Kuvert. »Der Brief von Zwengelmann!« Danach griff er in die rechte Tasche. »Ein kleines Geschenk für Wutz! Weil sie so köstlichen Kaffee kocht!« Er öffnete seine Faust und darin lag – eine Parfümflasche! Er schraubte sie auf und tupfte Wutz einen Tropfen hinter jedes Ohr. »So machen es die feinen Damen, wenn sie auf einen Ball gehen!«

Wutz war überwältigt. »Nein, wirklich, öfföff«, schnaufte sie. »Wie zauberhaft das duftet! Ich werde es gewiss viel benutzen, an meinen freien Nachmittagen und später zur Premiere meines Theaterstücks …«

»Wie?«, rief König Pumponell. »Du schreibst ein Stück?« Fast wäre er geplatzt vor unterdrücktem Lachen.

Wutz senkte den Kopf. Sie murmelte, dass es ihr vorläufig noch nicht einmal gelinge, ein A zu schreiben, und dass sie es wohl überhaupt nie lernen werde, weil ihre Klauen leider keine Hände seien.

König Pumponell überlegte. Dass Wutz ein Theaterstück verfassen könnte, erschien ihm einfach köstlich. Er beschloss, sie nach Kräften zu unterstützen. Das konnte ein Mordsspaß werden – und eine Weltsensation.

»Ich habe eine Idee!«, rief er. »Ich lasse dir eine besondere Schreibmaschine mit ganz großen Tasten bauen. Wenn du auch nicht im Zehnfingersystem schreiben kannst; so gut wie mit zwei Fingern wird es schon gehen. Mancher berühmte Schriftsteller kann es auch nicht besser!«

»Das wollen Sie für mich tun?«, fragte Wutz begeistert.

»Natürlich!«

Auch der Professor war froh. Wenn Wutz mit Schreiben beschäftigt war, würde er mehr Ruhe im Haus haben. Nur müsste ihre Schreibstube weit entfernt eingerichtet werden, damit ihn das Geklapper der Maschine nicht störte.

Wutz schwärmte bereits: »Ich werde mich zum Dichten in die Schlummertonne zurückziehen und die Tür zumachen, damit mich niemand hört!«

Wie schön – das Ende ihrer alles erfassenden Putzwut schien nahe.

Direktor Zwengelmann teilt dem Professor Merkwürdiges mit

Als der König in seinem Hubschrauber davonknatterte, sahen sie seine Maschine in den glutroten Abendwolken verschwinden und winkten noch lange.

»Er ist wirklich reizend, öfföff«, brummte Wutz, eingehüllt in die Wolke seines Parfüms, »ganz reizend! Und – er versteht etwas von Frauen. Wie selten ist das doch!« Sie schaute dabei den Professor lange an, aber der bemerkte es nicht einmal. Dann kehrten sie ins Blockhaus zurück.

Der Professor öffnete das Briefkuvert und murmelte: »Was mir wohl dieser grässliche Zwengelmann schreibt?«

»Wenn du dich doch nur ärgerst, dann lies den Brief gar nicht erst!«, riet das Urmel.

Aber der Professor war schon dabei. Er überflog die Zeilen, dann rief er: »Unerhört! Eine Frechheit! Hört mal zu! Sehr geehrter Herr Kollege …«

»Klingt ganz höflich!«, meinte Wutz, sie war sehr versöhnlich gestimmt.

»Bitte lasst mich zu Ende lesen!«, bat der Professor. Und alle schwiegen.

»Sehr geehrter Herr Kollege! Sie hatten die originelle Idee, mir vor einiger Zeit in einer Himbeersaftflasche einen Brief zukommen zu lassen, in welchem Sie behaupteten, dass Sie ein Urmel aufziehen! Wie ich mir gleich dachte, handelt es sich dabei wieder um einen Ihrer fragwürdigen Scherze, mit denen Sie sich interessant machen wollen. Um die Albernheit Ihrer Behauptung zu entlarven, hätte es nicht erst der Bestätigung durch Seine Majestät bedurft, die auf Ihrer Insel auch nicht die geringste Spur des Ihrer blühenden Fantasie entsprungenen Urtieres gefunden hat!«

»Haha! Na warte!«, rief das Urmel. »Ich bin gar keiner Fantasie entsprungen, sondern einem Ei, so was Blödes!«

»Du sollst still sein!«, sagte Wutz.

Der Professor fuhr fort: »Dafür brachte uns Seine Majestät einen angeblich unsichtbaren

Fisch mit – nun, mich können Sie mit solchen Mätzchen natürlich nicht hereinlegen, mein Verehrtester!«

Der Professor murmelte verlegen: »Das war ja vielleicht auch kein ganz guter Witz!«

Dann las er weiter: »Vielleicht war das Mondgespenst, dessen Fotografie vor einiger Zeit durch die Presse ging, gar auch aus Ihrer Menagerie? Haha! Darf ich Ihnen bei der Suche nach Ihrem Urmel vielleicht ein wenig behilflich sein? Ich fand in alten Schiffschroniken und Logbüchern Berichte über Seeungeheuer, die vor einigen Hundert Jahren angeblich Segelschiffe im Karibischen Meer versenkten. Offenbar waren es grässliche, ekelerregende Geschöpfe (genau das, was Sie lieben!). Es muss sich wirklich um ausnehmend scheußliche Biester gehandelt haben, um eine Mischung aus Wasserschlange und Klabautermann. Und die Seeleute, die sich damals retten konnten, behaupten, von ihnen Worte in menschlicher Sprache gehört zu haben. (Ziemlich unwahrscheinlich, da Sie ja damals noch nicht lebten und ihnen keinen Unterricht geben konnten.)«

»Soll das eine Frechheit sein?«, fragte Wutz.

»Natürlich!«, antwortete der Professor. »Aber hört bis zum Ende: Vielleicht, verehrter Kollege, handelt es sich bei diesen Fabelwesen um Ihre Urmel? Ich würde Ihnen empfehlen, auf den Grund des Karibischen Meeres zu tauchen und Ihre Forschungen dort fortzusetzen. Ich bin sicher, wenn Sie nur lange und tief genug unter Wasser bleiben, werden Sie finden, was uns alle in Erstaunen versetzt! Bitte versäumen Sie nicht, mir Ihren Bericht durch eine Tiefseeschnecke übermitteln zu lassen! Mit nochmaligem Haha! Ihr Direktor Doktor Zwengelmann, der sich nicht von Ihnen verkohlen lässt!«

»Was ist 'n das Karibische Meer?«, fragte das Urmel.

»Der südöstliche Teil des amerikanischen Mittelmeeres. Dort sind früher die Schiffe der Spanier und Portugiesen zur Küste Mexikos gesegelt.«

»Und glaubst du, dass es da wirklich Urmel gibt?«, wollte das Urmel wissen.

»Nein – aber ich weiß nicht, warum mir jetzt plötzlich die Seeungeheuer einfallen, die Seele-Fant angeblich gesehen haben will.«

»Oh«, machte Wutz und bekam ängstliche, runde Augen.

Und das Urmel meinte: »Vielleicht sind sie gar nicht so ungeheuer ungeheuerlich!«

»Schon möglich ...« Der Professor dachte nach. »Jedenfalls muss ich die Entwicklung meiner Tauchtablette beschleunigen und zur Riesenkrabbe in die Höhle vordringen. Vielleicht weiß sie mehr über vorzeitliche Tiere, als wir ahnen.«

»O ja!«, rief nun Ping Pinguin. »Auf in die Höhle!«

»Aber wie?«, fragte der Professor. »Ping Pinguin und Seele-Fant könnten ja hineinschwimmen, auch das Urmel neuerdings, aber wir anderen …«

»Du hast doch von Neschnem-Kopf Otto so einen Wunderapparat bekommen, den Erdwolf mit den Laserstrahlen«, rief Tim Tintenklecks. Er sagte richtig »Läserstrahlen«.

»Ach ja! – Wir wollen ihn gleich ausprobieren!«

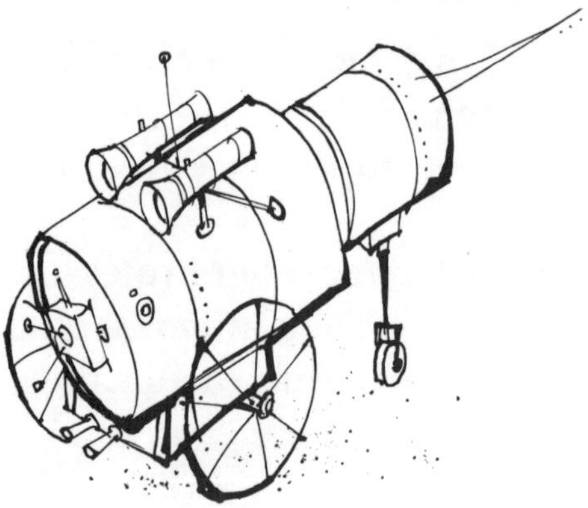

Steine werden zerschmolzen

Der Erdwolf vom Planeten Futura war in einer kleinen Kiste verpackt, die der Professor noch nicht einmal geöffnet hatte. Jetzt machte er sich mit Tim Tintenklecks daran. Als sie den Apparat von allen Hüllen befreit hatten, bemerkte Ping Pinguin: »Er sieht aus wie eine Pfiffskanone!« Früher war er einmal in einem Hafen gewesen und hatte dort auch Kriegsschiffe gesehen.

Am besten beschreibt man den Erdwolf als ein etwa zehn Zentimeter dickes und einen halben Meter langes Rohr, das zwischen zwei Rädern angebracht war. Er ließ sich leicht bewegen und es schien kaum glaublich, dass er eine so mörderische Gewalt haben sollte. Die Laserstrahlen konnten jedes Metall, die Erde und alle Steine zerschmelzen. Auch bei uns – auf der Erde – kennt man Laserstrahlen, aber auf dem Planeten Futura waren sie zu noch größerer Vollkommenheit entwickelt worden.

Der Professor warnte sie: »Dieses Gerät ist so gefährlich, dass ich es am liebsten gar nicht hierhätte! Niemand darf es berühren! Und vor allem darf sich niemals jemand vor seiner Mündung in seinem Strahl aufhalten!«

»Würde er dann ekschplodieren?«, fragte Wawa besorgt. »Dann will ich mich mal lieber gleich aus dem Staub machen, ehe ich tschu Staub werde!« Mit einem misstrauischen Blick verkroch er sich, um Schutz in seiner Muschel zu suchen.

Auch Ping Pinguin zeigte kein Interesse an einem so gefahrvollen Experiment. Und Schusch beschloss, die Aktion von einem entfernten Ast aus zu beobachten.

Der Professor und Tim rollten den Erdwolf vor den Eingang der Höhle. Steine türmten sich davor auf.

Der Professor richtete die Mündung der Strahlenkanone gegen die Geröllmassen und studierte im letzten Abendlicht die Gebrauchsanweisung.

Dann bat er Tim, sich hinter dem Stamm einer Korkeiche in Sicherheit zu bringen. Er betätigte einen Hebel, ein Summen zeigte an, dass das Gerät arbeitete. Nur ein winziger leuchtender Lichtpunkt wurde auf der Wand sichtbar. Die Wirkung aber war überwältigend: Wo der Strahl hintraf, verglühte die Erde, zerschmolz jeder Stein, zischend floss es wie Lava aus einem Vulkan.

So bohrte der Erdwolf zunächst sekundenschnell ein Loch, dann eine größere Öffnung. Der Professor brauchte das Rohr nur ein wenig kreisen zu lassen. Sesam, öffne dich! Der Berg ging auf!

Sie vergaßen Zeit und Stunden. Es war schon dunkel, aber die Umgebung war von roter Glut übergossen wie bei einem Brand.

Plötzlich schnaufte Wutz hinter ihnen: »Ach, öff, ich sterbe vor Angst, ich denke, ihr steckt den ganzen Wald in Brand. Wie könnt ihr es nur in dieser Hitze aushalten?«

»Findest du es nicht fabelhaft?«, fragte Tim Tintenklecks.

»O ja, es erinnert mich an den Backofen, in den Hänsel und Gretel die Hexe steckten!« Sie schnupperte misstrauisch. »Professor, es riecht so versengt. Hast du dir ein Loch in die Hose gebrannt?«

»Aber nein.« Er fuhr sich über den Kopf. »Mir ist nur ein wenig Aschenregen auf die Haare gefallen!«

»Ein wenig? Von deinen Haaren ist kaum

noch etwas übrig geblieben! Man kann dich wahrhaftig keinen Augenblick unbeobachtet lassen. Übrigens ist das Abendbrot fertig. Ich rufe und rufe, aber niemand hört! Ihr spielt mit dem Feuer wie kleine Jungens. So ist es immer. Die Mütter decken den Tisch … und warten … und weinen sich die Augen aus …«

»Ach hör auf, Märchen zu erzählen!«, rief Tim.

»Du hast nicht den geringsten Sinn für Dichtung!«, brummte Wutz. »Wollt ihr nun essen oder nicht?«

Ja, sie wollten. Zwar wären der Professor und Tim gern noch heute Nacht durch den Berg gestoßen, aber sie verschoben es auf morgen. Zumal sie die letzte Schicht mit Hacke und Schaufel beseitigen mussten, um die Krabbe nicht durch den Laserstrahl zu gefährden.

Und der neue Tag kam wolkenlos.

Schon früh machten sich der Professor und Tim ans Werk. Sie schufteten wie Bergleute im Schacht. Ihre Schläge hallten weithin, und das Gestein polterte. Sie gerieten ins Schwitzen – es war harte Arbeit.

Das Urmel hatte sich einen kleinen Scherz ausgedacht. Lange redete es auf Ping Pinguin ein. »Du musst mitkommen! Du bist doch schon mehrmals hineingeschwommen, allein graule ich mich vor der Krabbe …«

Ping Pinguin fühlte sich geschmeichelt. Er patschte ins Wasser und führte das Urmel durch den Zufluss in die Höhle. Dort leuchtete der See so geheimnisvoll wie immer, die leisen Orgeltöne erklangen zauberhaft. Nichts schien sich verändert zu haben. Auch die Krabbe kauerte noch auf dem Felsen in der Mitte der Wasserfläche.

Sie blickte die beiden aus rätselhaften Augen an.

Das Urmel und Ping Pinguin versteckten sich hinter einer großen Säule aus Kalkstein. Das Krachen der Spitzhacke und das Scharren der Schaufel grollten wie Donner, vom Echo verstärkt, durchs Gewölbe und störten die Fledermäuse auf, die unruhig umherflatterten.

Die Herzen von Urmel und Ping Pinguin klopften heftig. Da, ein Lichtstrahl! Und gleich darauf hörten sie den Professor rufen: »Wir haben es geschafft, Tim!«

Steine polterten. Es wurde heller. Dann erschien des Professors Kopf, winzig klein wie mit der Schere aus schwarzem Papier geschnitten, in der Öffnung.

Darauf hatten das Urmel und Ping Pinguin gewartet. Das Urmel versuchte einen unheimlichen Ton hervorzubringen. »Quä – quä.«

Und Ping Pinguin kreischte: »Hinaus, ihr Menpfen! Stört meine heilige Ruhe nicht!«

»Nanu?«, brummte der Professor. »Die Krabbe redet?«

»Sie muss es von Ping Pinguin gelernt haben!«, sagte Tim. »Denn sie kann auch kein Sch sprechen!«

»Nein«, quäkte das Urmel, »ich bin nicht die Krabbe, ich bin ein furchtbar scheußliches, schrecklich gefährliches Seeungeheuer!«

Da musste Ping Pinguin laut lachen. Vielleicht hatte er auch ein wenig Lachgas eingeatmet? Er krähte und gackerte – und plumpste in den See. Er flüchtete sich hinaus zu Seele-Fant aufs Felsenriff.

»Ich habe die Krabbe erpfreckt!«, verkündete er dort stolz.

»Kaum zu glaubön! Du?« Seele-Fant sah seinen winzigen Freund voller Zweifel an.

Es wird sehr viel gearbeitet

Der Professor begrüßte das Urmel-Seeungeheuer fröhlich. Er kroch durch die Öffnung. Tim Tintenklecks folgte ihm. Nur langsam gewöhnten sich ihre Augen an die Dämmerung.

»Die Krabbe lebt noch! Sie hat mich toll böse angestiert!«, rief das Urmel. »Aber ich habe ihr die Zunge rausgestreckt!«

»Gut, dass Wutz das nicht gesehen hat!«, meinte Tim.

Der Professor überlegte. Dann murmelte er: »Verflixt!«

»Was is 'n verflixt?«, fragte das Urmel.

»Du weißt doch, dass ich euch allen diese Medizin gegeben habe …«

»Das bittere Zeugs? – Nee, das will ich aber nicht mehr!« Das Urmel verzog sich lieber aus der Höhle. Es wanderte trällernd durch den Wald, wo es ab und zu eine Frucht vom Baum pflückte und fröhlich schmatzend verschlang.

Inzwischen erörterte der Professor mit Tim Tintenklecks sein Problem: »Morgens, mittags und abends je zehn Tropfen! Das Ergebnis war verblüffend. Ohne diesen Wirkstoff hätten die Tiere das Sprechen nie gelernt. Wie glücklich war ich, als Wutz den ersten verständlichen Laut von sich gab, in Winkelberg, weißt du, damals, als der Gasmann kam!«

»O ja, ich vergesse nie, was der für Augen machte! – Hast du denn keine Tropfen mehr?«

»Doch, genügend! Die Flasche steht im Medizinschrank im Arbeitszimmer.«

»Na, dann ist doch alles in Ordnung!«

»Nein!«, rief der Professor. »Denk mal nach! Wutz konnten wir die Tropfen ins Futter tun, später schlürfte sie sie sogar vom silbernen Löffel. Aber wie soll ich sie der Krabbe geben?«

»Vielleicht tut es Wutz mit dem silbernen Löffel?«

»Ach, mach keine faulen Witze!« Der Professor überlegte. Am Nachmittag bat er Ping Pinguin, ihm kleine Meerestiere, Würmer und Schnecken aus dem Meer zu sammeln. Er legte sie in eine Schüssel und zerstampfte sie zu Brei. »Es tut mir ja leid«, meinte er, »aber anders geht es nicht!«

Wutz rümpfte die Nase. »Dieser Schleim würde nicht einmal mir schmecken, öff!«

Ja, für normale Wesen schien es ein unappetitliches Gericht zu sein, aber für die Krabbe war es vielleicht eine Delikatesse. Der Professor träufelte die Intelligenztropfen hinein.

Jetzt wurde Wutz aufmerksam. Ihr kam ein Gedanke. Sie merkte sich den Platz der Flasche im Medizinschrank.

Der Professor und Tim Tintenklecks begaben sich mit der präparierten Krabbenmahlzeit wieder in die Höhle. Der Professor hatte zunächst Ping Pinguin gebeten, die Schüssel mit dem Schnabel zu packen und mit ihr zum Krabbenfelsen zu schwimmen, um sie dort abzustellen.

Aber Ping Pinguin schnatterte entsetzt: »Nie im Leben pfwimme ich zu diesem Ungeheuer! Das macht nur einmal knacks und ich sehe aus wie der Matpf in der Pfüssel ...«

Eilig watschelte er zum Strand, um sich in seiner geschäumten Muschel in Sicherheit zu bringen.

So musste sich der Professor selbst helfen. Er warf seinen Rock ab und watete in den kalten See. Die Schüssel mit dem Krabbenfraß balancierte er mit der rechten Hand über dem Kopf, mit der linken ruderte er.

Das Wasser plätscherte und der Professor schnaufte. Halb schwimmend, halb watend kam er zum Stein. Die Krabbe öffnete die Scheren – er setzte die Schüssel rasch auf dem äußersten Rand ab und machte kehrt.

Die Krabbe schien ihr Futter nicht zu sehen.

»Lassen wir sie allein!«, schlug der Professor vor. Tim Tintenklecks nickte.

Mit Eifer führte der Professor in den nächsten Tagen seine Arbeit an der Tauchtablette fort. Er hatte das Gefühl, dass die Zeit drängte. Er gönnte sich keine Ruhe. Er magerte ab. Und Wutz brachte es nicht übers Herz, ihn mit ihren Wünschen zu plagen. Deshalb wandte sie sich an Tim Tintenklecks. »Hör mal, Tim, öfföff, du weißt doch, dass ich schreiben und lesen lernen will …«

»Ja, und?«

»Bitte bring es mir bei! Du hattest ja schon damit begonnen, als wir durch König Pumponell unterbrochen wurden. Aber wenn er mir jetzt eine Schreibmaschine schenkt, dann wäre es mir sehr peinlich, wenn ich es nicht könnte, öff!«

»Hm.« Tims rotblonde Haare sträubten sich. »Meinetwegen!«, seufzte er. »Ich weiß auch schon wie. Komm!«

Er führte Wutz ans Meer und setzte sich ans Ufer. Wutz plumpste neben ihm nieder. Mit dem Zeigefinger zog Tim Linien in den weichen Sand. Dann hob Wutz ihre rechte Vorderpfote und zeichnete mit der Klauenspitze die Striche nach. Auf, ab, auf, ab ... Das war schön, denn wenn sie eine ungerade oder falsche Linie gezogen hatte, brauchte Tim nur darüberzuwischen, dann war der Grund wieder glatt und sie konnte von Neuem beginnen.

Langsam, sehr langsam lernte Wutz das Abc. Ach, wie mühsam war es doch, eine Dichterin zu werden! Aber sie war überglücklich, als sie einigermaßen leserlich »Mama«, »Urmel« und »Wutz« schreiben konnte. Ihre Zunge leckte dabei über die Schnauze hin und her, genau so wie ihre Pfote durch den Sand fuhr.

Schließlich stand Wutz auf, um sich ihr Werk zu betrachten. Sie umkreiste es und setzte sich wieder, mal darüber, mal darunter, mal an der Seite. Sie legte den Kopf schief, sie schaute von rechts, sie schaute von links und immer sah ihre Schrift herrlich aus!

»Wunderbar! Offöff!«

»Aber jetzt kommt das Schwerste, die Rechtschreibung!«, sagte Tim Tintenklecks, selbst unsicher.

»Ach, Hauptsache, ich kann es entziffern!«

Tim schrieb: »Kutn tak, Brofessohr!« Das heißt: Guten Tag, Professor!

»Kutn tak, Brofessohr!«, malte Wutz. »Und wie schreibt man ›öfföff‹? Ich möchte ›öfföff‹ dahinterschreiben, damit der Professor sieht, dass es von mir ist!«

Tim schrieb: »Öwwöww!«

»Ist das auch bestimmt richtig?«

»Man kann es schreiben, wie man will, es ist kein richtiges Wort!«

»Es sieht ziemlich schwer aus! Wie wäre es, wenn ich einfach meine Nase in den Sand drückte, sozusagen als Punkt?«

»Das wäre gut!«, meinte Tim. »Wie ein Siegel.«

Wutz bohrte ihre Nase in den Sand. Es wurde ein runder Abdruck mit zwei Erhöhungen in der Mitte. Und auf ihrer Schnauze kitzelte feiner gelber Staub. Hatschi!

Wutz bringt den Professor auf einen guten Gedanken

Auf den Verstand der Krabbe wirkte des Professors Medizin sehr langsam. Vielleicht weil die Krabbe zu den sogenannten niederen Tieren gehörte. Sicher hatte sie in ihrer Kindheit auch nicht die intelligentesten Spielkameraden gehabt.

Und doch war ein Fortschritt zu erkennen. Sie begann den Professor zu erwarten. Sie nahm das Futter an. Manchmal, wenn er durch den See schwamm, glaubte er einen Schimmer des Erkennens in ihren Knopfaugen zu bemerken.

Sie ließ ihn ruhig herankommen, zog sich weder zurück, noch schnappte sie mit den Scheren nach ihm. Und wenn er die Schüssel abgestellt hatte, sich umdrehte und zurückschwamm, machte sie sich über den Fraß her. Sie schob sich das Futter mit den beiden Zangen ins Maul und zerrieb es mit den Kauwerkzeugen. Dabei gab sie mahlende und schabende Töne von sich.

Der Professor ließ diese Tage nicht ungenutzt verstreichen. Bald konnten die Tauchtabletten erprobt werden. Außerdem musste er den Wunsch König Pumponells erfüllen.

In der Höhle klaffte ja die Spalte, der das unsichtbare und fast geruchlose Gas entströmte, das jedermann unwiderstehlich zum Lachen reizt. In der frischen Luft jedoch verlor es seine Wirkung schnell. Es verflüchtigte sich.

Wie konnte man es aus der Höhle herausbringen und über große Entfernungen transportieren? Nur in Flaschen! Beim ersten Versuch, an die Gasquelle heranzukommen, mussten Tim und der Professor so lachen, dass ihnen jede Tätigkeit unmöglich war.

Daraufhin näherten sie sich der Stelle nur noch mit dicken Tüchern vor Nase und Mund. Sie verengten die Bodenöffnung, indem sie aus Sand und Steinen einen kreisrunden Wall aufschichteten. So schufen sie eine Art Krater mit einer kleinen, fingerdicken Öffnung in der Mitte, aus der das Gas unter Druck pfeifend entwich. Nun konnte der Professor leere Flaschen darüberhalten – mit dem Hals nach unten. War etwas Gas in die Flasche geströmt, verkorkte er sie schnell. Tim brachte sie zum Strand, beschwerte sie mit Steinen und versenkte sie an einer tiefen Stelle im Meer. Damit er sie wiederfand, band er mit langen Fäden bunte Korken an die Flaschenhälse, die lustig auf den Wellen auf und ab schaukelten.

Im Wasser kühlte das Gas ab und verflüssigte sich dadurch. Es war nicht viel, was in der Flasche blieb, höchstens ein bis zwei Kubikzentimeter »Lachwasser«, aber bei niedriger Temperatur konnte es in andere Flaschen gefüllt werden, bis diese voll waren.

So entstand der »Professor-Habakuk-Tibatong-Original-Lachbrunnen, garantiert frisch aus der Quelle«. Damit war König Pumponells Wunsch erfüllt. Aber nicht alles gelang so gut. Bald gab es keinen Zweifel mehr daran, dass die Krabbe das Sprechen nicht lernen würde. Sosehr sich der Professor bemühte, sie sah ihn nur verständnislos und vielleicht ein bisschen verzweifelt an.

Habakuk Tibatong ging nächtelang mit zerfurchter Stirn in seiner Stube auf und ab, den Kopf gesenkt, die Hände auf dem Rücken verschränkt.

Wutz lag vor dem Haus in der Schlummertonne und versuchte aus den Wörtern »Blumenkohl«, »Sonne« und »Schmetterling« ein

Gedicht zu machen, aber ihr fiel weder der Anfang noch das Ende ein – es war zum Verzweifeln! Und dazu kam außerdem des Professors ewiges Hinundhergelaufe …

Endlich verließ sie ihr gemütliches Heim und begab sich ins Haus. »Professor«, brummte sie, »gerade hatte sich der Schmetterling auf dem Blumenkohl niedergelassen …«

»Wirklich?«, murmelte er gedankenverloren. »War es ein Nachtfalter?«

»Ach«, rief sie, »du verstehst mich doch nicht! Aber du siehst erbarmungswürdig aus, geh ins Bett! Was quält dich denn so?«

Er erklärte es ihr.

»Hm …« Sie setzte sich nieder. Sie grübelte, seufzte vielmals hintereinander »öfföff« und fragte dann: »Vielleicht kann sie überhaupt nicht reden? Ich meine, hast du ihr schon einmal ins Maul geschaut – oder wie man das bei einer Krabbe nennt?«

»Wozu? Sie hat doch keine Halsentzündung!«

»Natürlich nicht! Aber hat sie überhaupt eine Zunge?«

Er blieb stehen. »Das ist es!« Er schlug sich mit der flachen Hand vor die Stirn. »Wie konnte ich das nur übersehen? Aber … dann ist es ja hoffnungslos! Sie wird nie reden können!«

»Nun«, grunzte Wutz, »jetzt kannst du ja ins

Bett gehen. Soll ich dich zudecken?« Sie sah ihn fragend an und da fiel ihr etwas ein. »Hör mal, als wir noch in Winkelberg wohnten, da war doch ein Kiosk an der Straßenecke, wo du deine Zeitung kauftest, und die Frau hatte einen taubstummen Sohn. Aber die beiden unterhielten sich doch miteinander, mit den Armen und Fingern!«

»Ja, in der Taubstummensprache!«

»Na also! Die Krabbe hat doch genug Arme und Finger, ich meine ihre Scheren und Beine. Kannst du ihr nicht die Taubstummensprache beibringen?«

»Das wäre eine Möglichkeit!«, rief er. Glücklich streichelte er Wutz über den Kopf.

»Vorsicht, ich bin frisch gekämmt!«, flüsterte sie, aber sie war sehr froh.

In ihrer Schlummertonne dachte sie nun nicht mehr an das Gedicht. Sie schlief bald ein und träumte von einem Schmetterling, der sich mit einem Kohlkopf unterhielt, indem er seine Flügel in die verschiedensten Stellungen brachte – etwa so wie die Matrosen es mit ihren kleinen bunten Fahnen machen, wenn sie sich von Schiff zu Schiff Nachrichten signalisieren.

Und Professor Tibatong setzte sich an seinen Schreibtisch, um die Grundzüge einer Zeichensprache für Krabben zu entwerfen.

Wutz erfährt die Vergänglichkeit der Kunst

Wutz machte Fortschritte in der Kunst des Schreibens und Lesens und war über die ersten Schwierigkeiten hinaus. Je mehr sie lernte, desto mehr geriet sie in Begeisterung. Wenn sie am Strand saß und mit ihren Vorderpfoten Linien in den feinen Sand malte, dann funkelten ihre Augen.

Dabei vernachlässigte sie ihren Haushalt – wer hätte das jemals von ihr gedacht? Die geregelten freien Nachmittage gehörten der Vergangenheit an. Sie verschwand, wann es ihr passte. An manchem Morgen wischte sie nur flüchtig und schnell mit dem Staubtuch einmal über den Tisch, hielt die Töpfe unters Wasser, zupfte des Professors Kissen zurecht und trollte sich. Dabei versäumte sie es aber nie, sich mit Proviant zu versorgen. Sie packte sich ein Körbchen mit Obst und Gemüse ein, eine Schüssel, aus der sie trinken konnte, und eine Flasche mit frischem Wasser. Sie parfümierte sich hinter den Ohren und klemmte sich den Sonnenschirm unter die Achsel.

Am Strand spannte sie ihn auf und steckte seinen Stiel in den Sand. Er leuchtete rot wie ein Fliegenpilz. In seinen Schatten stellte sie das Körbchen. Die Flasche mit Wasser legte sie zur Kühlung ins Meer. Und sie selbst saß dann im rötlichen Schatten ihres Schirms, schmatzte einen Apfel, schlürfte aus der Schüssel – und zog Linien, Buchstaben und Worte in den Sand.

Und doch, das Lernen dauerte so lange! War sie vielleicht zu dumm? Könnte sie – sollte sie etwa noch etwas von des Professors Wundermedizin nehmen? Ganz heimlich? In einer Nacht, in der er fest schlief?

Wutz musste lange auf eine Gelegenheit warten, denn meist schnarchte sie längst, ehe der Professor sein Licht löschte. Eines Nachts wachte sie auf. Es war tintenschwarz, nicht einmal der Mond schien. Wutz lauschte. Sie hörte den Professor durch das geöffnete Fenster ruhig atmen. Leise öffnete sie die Tür des

Blockhauses. O Himmel – sie quietschte! Dass Tim sie aber auch nie ölte! Und wie die Dielen knarrten! Bei jedem Schritt musste sie innehalten.

Glücklicherweise schien der Professor wie ein Murmeltier zu schlafen. Wutz öffnete behutsam den Medizinschrank. Trotzdem fiel eine Schachtel zu Boden. Es knallte wie ein Schuss.

Der Professor richtete sich senkrecht im Bett auf. »Hilfe! Das Urmel!«, rief er, in Erinnerung an König Pumponells Jagdleidenschaft.

»Ich bin es nur, öff!«, quiekte Wutz leise.

Er zündete eine Kerze an und sah sie geisterhaft am Medizinschrank stehen. »Hast du Fieber?«, fragte er besorgt.

»O nein!«, grunzte sie kleinlaut.

»Aber was willst du denn?«

Da öffnete sie ihm ihr Herz. »Professor, öff, du hast doch noch die Tropfen, die uns so klug gemacht haben, dass wir das Sprechen lernten, sogar die Vögel, was mir noch immer unbegreiflich ist. Da wäre es doch gut, wenn ich wieder Medizin bekäme. Ich dachte, dreimal täglich eine halbe Tasse, öff!«

»O nein!«, stöhnte er. »Was für eine verrückte Idee! Nicht einen Tropfen! Wer weiß, was dann aus dir wird?«

»Vielleicht – der erste Schweineprofessor?«

»Ich fürchte eher, dass du überschnappen würdest. Du bist schon lange klug genug. Um noch intelligenter zu werden, musst du nur lernen und arbeiten!«

Beleidigt trollte sich Wutz hinaus. Sie fühlte sich missverstanden. Trotzdem schrieb sie am nächsten Tag ihren ersten Vers in den Sand. Er lautete so:

hier ztet ein Gruck
und isch bin glug!

Das hieß: Hier steht ein Krug und ich bin klug.

Wie wunderbar! Sie quiekte beglückt und eilte ins Blockhaus, um den Professor zu holen.

Aber ein zarter Luftzug trieb den feinen Sand wie einen Schleier dicht über dem Boden dahin. Und der Professor brauchte so schrecklich lange, bis er endlich zur Stätte ihres unsterblichen Wirkens kam! Da war kaum mehr eine Rinne zu sehen. Wutz schnaufte tief enttäuscht. »Das hat das Urmel gemacht, öff …«

»Nein«, antwortete der Professor lächelnd, »der Wind war es. Da siehst du, wie vergänglich die Kunst ist!«

Lange konnte Wutz dies nicht verschmerzen. Und nie wieder gelangen ihr so tiefsinnige Reime!

Der Professor wird
für krank gehalten

Inzwischen nahm die Krabbe große Mengen der Tiersprechmedizin regelmäßig mit ihrem Futter ein. Eigentlich hätte sie bereits so klug sein müssen wie der Primus einer Oberschulklasse.

Viele Stunden verbrachte der Professor in der Höhle am unterirdischen See, Tage und Nächte. Er befestigte eine Kerze auf einer Kalksteinsäule, die nun aussah wie ein Leuchter. In ihrem Licht beobachtete er jede Bewegung des Tieres. Das Zackengewirr der Tropfsteine warf schwankende Schatten an die Gewölbedecke. Er war allein. Den anderen, sogar Tim Tintenklecks, war es zu gruselig hier.

Der Professor zeichnete jede Bewegung der

Krabbe und ihrer Scheren in ein Buch ein. Kein anderer Mensch hätte dieses Krickelkrakel verstanden. Er jedoch verglich sorgfältig alle Stellungen untereinander und mit seinen Skizzen. Und so entwarf er das »Habakuk-Tibatong-Krabben-Zeichensprachen-Alphabet« – eine der bedeutendsten Leistungen der Wissenschaft, für die er mindestens den Nobelpreis verdient hätte. Aber an Preise und Ehren dachte der Professor nie. Er wollte sich nur mit der Krabbe unterhalten.

Eines Nachts wagte er den ersten Versuch. Er breitete die Arme aus und führte die Hände in weiter, kreisender Bewegung auf seiner Brust zusammen. So machte er es unverdrossen viele Male hintereinander. Und bei jeder Bewegung sagte er deutlich: »Ich!« Er wusste, dass die feinen Fühler der Krabbe Schallwellen zu registrieren vermochten.

Sie beobachtete ihn aufmerksam. Ihre Knopfaugen funkelten. Und dann, zögernd und quälend langsam – der Professor konnte vor Aufregung kaum atmen – breitete sie die Scheren aus und führte ihre Spitzen ebenfalls kreisend auf sich zu.

Das war der Anfang. Und aller Anfang ist schwer. Aber von Tag zu Tag verstanden sie sich besser. Unermüdlich übten sie – bis zur Erschöpfung.

Eines Morgens, als das Urmel gerade auf seiner Matratze die Augen aufschlug, gähnte und sich rekelte, als Wutz aus der Schlummertonne kroch und in die Sonne blinzelte, als Tim Tintenklecks erwachte und von seiner Hütte im Baum herabkletterte, als Schusch zum Blockhaus flog und Ping Pinguin und Wawa ihre Muscheln verließen – an diesem Morgen schleppte sich der Professor übernächtigt den Berg zum Blockhaus hinauf.

»Er sieht aus wie ein Nachtgespenst!«, quiekte das Urmel.

Ja, das Haar hing dem Professor wirr in die Stirn und unter den Augen hatte er schwarze Ringe.

»So geht es nicht weiter!«, sagte Wutz seufzend. »Ich fürchte, du wirst krank! Was machen wir bloß mit dir?«

»Hatschi!« Der Professor nieste. Jetzt plumpste er auf den Bettrand und begann mit den Armen seltsame Bewegungen auszuführen. Alle starrten ihn an. Dem Urmel klappte der Unterkiefer herunter und es tippte sich zu Wutz gewandt mit seiner Vorderpfote heimlich an die Stirn.

»O du saftige Rübe!«, rief diese. »Professor, hast du etwa Zuckungen?«

Er antwortete wie aus einem Traum erwachend: »Verzeiht, ich vergaß, dass ihr diese

Sprache nicht versteht. Es ist so weit: Ich kann mich mit der Krabbe verständigen, sie hat mir Zeichen gemacht!«

»Und was hat das Biest zeichengespracht?«, fragte das Urmel. »Wen will es zuerst mit seinen Scheren zerschnippeln?«

»Sie hat gemeint ...«, rief der Professor, und dabei machte er wieder, als ob er einem Zwang gehorche, diese merkwürdigen Armbewegungen, für die man ihn in Winkelberg bestimmt in eine Nervenheilanstalt eingewiesen hätte, »sie hat gesagt: ›Habt mich lieb!‹«

»Ach, du hast ja Fieber, öff!«, grunzte Wutz. »Deine Stirn ist so rot wie eine glühende Ofentür!«

»Ja, du bist krank!«, rief das Urmel. »Ich mache dir klatschnasse Wickel. Und Wutz kocht dir bitteren Tee.«

Gottlob war das nicht nötig. Trotzdem legte sich der Professor ins Bett und schlief zwei Tage und zwei Nächte, ohne aufzuwachen. So erschöpft war er.

Wutz liest des Professors Testament

Vielleicht sollte man die Art der Unterhaltung zwischen der Krabbe und dem Professor nicht »Gespräch« nennen. Die Krabbe sagte ja kein Wort. Aber da sich die beiden schließlich recht gut miteinander verständigten, ist es am einfachsten, wenn wir es als reden oder sprechen bezeichnen.

Die ersten »Worte« hatte der Professor mehr erraten als verstanden. Und er hatte noch viel Mühe und Arbeit vor sich, bis ein einigermaßen sinnvolles Gespräch möglich wurde.

Jedoch – von Tag zu Tag lernte die Krabbe schneller. Ja, bald übte sie sogar allein: Sie machte Hausaufgaben! Unermüdlich schwenkte sie die Zangen in der Luft herum. Dabei benutzte sie den unterirdischen See als Spiegel, zur Selbstkontrolle!

Und der Professor beendete seine Forschungen, die zur Entwicklung der »Tauchtablette« führten.

Als der Professor die ersten Kügelchen gedreht hatte, von denen er annahm, dass sie auf die erhoffte Weise wirkten, wollte er sie gleich schlucken und sich ins Meer stürzen. Aber Wutz hielt ihn zurück.

»Bist du ein Selbstmörder?« Sie war entsetzt. »Wenn du dich opfern willst, öff, was soll dann aus uns werden? Was ist, wenn deine Tablette nichts taugt? Oder wenn sie giftig ist? Vielleicht schläfst du im Wasser ein? Oder etwas zerreißt in dir und du ertrinkst?« Sie sah ihn so traurig an, dass er beschloss, seinen Versuch zu verschieben.

»Was soll ich sonst tun?«, fragte er. »Wenn ich die Tablette nicht ausprobiere, weiß ich doch nicht, ob sie wirkt!«

Das Urmel hatte gespannt zugehört: »Ich weiß was!«, quiekte es. »Ein Tier, das sowieso schon lange im Wasser sein kann, muss die Kügelchen ausprobieren. Sind sie süß?«

»Bitter!«, antwortete Habakuk Tibatong.

»Dann bin ich's nicht! Ich glaube, Ping Pinguin! Er kann unter Wasser schwimmen und muss doch manchmal auftauchen, um Luft zu schnappen ...«

Wutz fand diesen Gedanken gut.

Sie gingen zusammen zu Ping Pinguins geschäumter Muschel. Der kleine Kerl träumte gerade von heldenhaften Abenteuern. So war er bereits in der richtigen Stimmung.

»Was?«, krähte er, während er aus seinem geliebten Haus schlüpfte. »Was? Ich soll Testpfwimmer werden? Himmlipf!« Er sperrte begeistert den Schnabel auf, um die Pille zu schlucken.

»Die sind zuckersüß!«, piepste das Urmel scheinheilig.

»Gib ihm nicht zu viel!«, bat Wutz. »Er ist ja ein sehr kleines Tier!«

Der Professor steckte ihm eine Tablette in den Schnabel. Ping Pinguin würgte und schluckte.

»Pfui Krabbe! Die pfmeckt ja pfeußlich! Pfnell ein Pflückchen Wasser zum Nachspülen ...«

Niemand hatte Wasser dabei. Aber der bittere Geschmack verging.

Im Bewusstsein seiner Wichtigkeit stolzierte Ping Pinguin hin und her, während der Professor auf die Taschenuhr schaute. Endlich sagte er: »Jetzt!«

»Hurra! In die Tiefe!« Ping Pinguin stürzte sich in die Flut. Weg war er. Hundert Meter weiter entfernt tauchte er auf, platschte mit den Flügelstummeln und schrie: »Pfön! Pfön!« Und dann ward er nicht mehr gesehen.

Es verging eine Minute, es vergingen zehn Minuten, es verging eine halbe Stunde – Ping Pinguin blieb verschwunden.

Der Professor wurde unruhig. »Ach, wenn dem armen Kerl nur nichts passiert ist!«

»Eines weiß ich, öff! Ich lasse dich diese Teufelsdinger nie nehmen!«, grunzte Wutz entschlossen.

Erst als die Sonne unterging und das Meer mit roter Glut übergoss, schwamm Ping Pinguin an Land.

»Ha!«, krähte er, während er seine Federn schüttelte, »das war fa-bel-haft! Ich bin gepfwommen und gepfwommen, immer tiefer und tiefer, und ich brauchte überhaupt nicht aufzutauchen!«

Da glaubte der Professor, dass die Tauchtabletten in Ordnung waren. Wutz jedoch war noch nicht beruhigt. Kein gutes Zureden half. Der Professor musste mit ihr ins Blockhaus hinaufgehen.

Aber er wartete nur, bis die Nacht kam und alle schliefen. Auch Wutz schnarchte – es klang wie Donnergrollen aus der Schlummertonne.

Nun setzte sich der Professor an den Tisch und schrieb im Kerzenlicht sein Testament. So ganz sicher war er seiner Sache nämlich nicht! Er bestimmte Wutz zum Vormund für das Urmel. Alles, was er besaß, vermachte er seinen Tieren und Tim Tintenklecks. Wutz sollte es für sie verwalten. König Pumponell bat er, dafür zu sorgen, dass sie auf Titiwu bleiben durften, die Insel sollte zum Naturschutzgebiet erklärt werden.

Als er seinen letzten Willen unterschrieb, war er so gerührt, dass er sich die Nase schneuzen musste. Dann schluckte er die erste Tablette. Er entledigte sich seiner Kleider und schlüpfte in den Schlafrock. Mit den Pantoffeln in der Hand schlich er sich auf Zehenspitzen an Wutz vorbei. Am Strand warf er Pantoffeln und Schlafrock ab. Die Nacht war sternenklar und sein Körper schimmerte bleich.

Furchtlos ging er ins Wasser. Es plätscherte. Schon war nur noch sein Kopf zu sehen – und dann befand er sich in einer fremden Welt. Über ihm glänzte und glitzerte es, das war das Mondlicht auf dem Meer. Er sah seltsame schwarze Schattengestalten an sich vorbeiziehen – und er vermeinte zu fliegen. Er schwamm hinab und hinauf, ganz leicht, ganz schwerelos – was für ein berauschendes Erlebnis! Ja, er begann leise vor sich hin zu summen.

Hier muss gleich ein weitverbreiteter Irrtum berichtigt werden. Im Meer herrscht keines-

falls andächtige Stille. Sogar die Fische haben eine Art Sprache. Sie geben sonderbare Pfeif-, Grunz- und Stöhnlaute von sich. Sie knirschen mit den Zähnen oder setzen bestimmte Organe – beispielsweise die Schwimmblase – in Schwingungen. Es soll sogar Wal-Arten geben, die sich über viele Kilometer hinweg miteinander verständigen können, denn Wasser überträgt Schallschwingungen mit großer Kraft über das lebende Gewebe des Kopfes auf das Innenohr.

Wohl zwei Stunden blieb der Professor unter Wasser. Jedes Zeitgefühl ging ihm verloren.

Aber er spürte dann, dass die Wirkung der Tablette nachließ. Ein fühlbarer Druck legte sich auf seine Lunge. Deshalb beschloss er aufzutauchen.

Es war nicht weit von Seele-Fants Riff.

Der dicke Geselle schlief sehr unruhig, seitdem er die seltsamen Wesen gesehen hatte. Wie ein Kloß ruhte er auf dem Stein und blinzelte von Zeit zu Zeit übers Meer. Und nun sah er plötzlich eine schneeweiße Gestalt …

»Aha!«, röhrte er. »Jotzt habö öch döch! Halt, du Sööungöheuörmöörösgöspönst! Profössor, Profössor! Schnöll! Schnöll!«

»Hier bin ich ja schon!«, rief der Professor.

»Du böst das?« Seele-Fant staunte. »Seut wann badöst du nachts? Und seut wann kannst du so langö untör Wassör schwömmön?«

Das war eben das große Wunder.

Leider war Wutz durch Seele-Fants Geschrei geweckt worden. Von bösen Ahnungen erfüllt, stürzte sie ins Arbeitszimmer. Die Kerze brannte noch! Und als sie das Testament des Professors mühsam entziffert hatte, begann sie so laut zu schluchzen, dass auch das Urmel erwachte. Wutz umarmte es und rief: »Mein Armes! Öff! Nun bist du ein Waisenkind. Und ich bin dein Vormund!«

»Auweh!«, seufzte das Urmel. »Was für 'n Mund is 'n das?«

Wutz antwortete nicht. Sie trabte ans Meer. Das Urmel hinter ihr her. Ping Pinguin und Wawa erwachten und krochen aus den Muscheln.

Tief verzweifelt betrachteten sie des Professors Pantoffeln und seinen Schlafrock.

»Das hätte er uns nicht antun dürfen!«, schluchzte Wutz.

»Soll ich ihn suchen?«, fragte das Urmel. Aber ehe es sich ins Wasser stürzte, hörten sie den Professor plötzlich laut mit Seele-Fant Duett singen. So vergnügt war er.

Da rief Ping Pinguin: »Wartet, ich komme! Wir singen zu dritt!«

»Unerhört!«, brummte Wutz.

Aber das Urmel freute sich: »Jetzt können wir zusammen Unterwasserausflüge machen!«

Seele-Fant wird noch trauriger

Der Professor setzte nun seinen Sprachunterricht mit der Krabbe fort und richtete sich auf eine lange, ruhige Zeit des Arbeitens ein.

Es galt, die Tauchtabletten zu vervollkommnen und einen kleinen Vorrat von ihnen herzustellen.

Danach wollte er die nähere Umgebung der Insel erforschen. Und Tim Tintenklecks drängte, ihn begleiten zu dürfen.

So war der Tag nicht mehr fern, an dem sie zu viert ins Wasser stiegen: der Professor, Tim, das Urmel und Ping Pinguin.

Wutz spürte vorläufig kein Verlangen nach diesem Abenteuer. Dagegen hofften Wawa und Schusch, dass auch sie bald mitgenommen würden.

»Denn«, sagte Schusch, »wenn Päng Pänguän schwämmen kann, dann kann äch es auch!«

»Kann Ping Pinguin denn fliegen?«, fragte Wawa.

»Nein, kann er nächt!«

»Dann verstehe ich auch nicht, wieso du schwimmen lernen sollst?«

So betrachtet verstand es Schusch auch nicht mehr so recht. Jedenfalls – vorläufig bewegten sich nur die genannten vier schwerelos im Wasser. Leicht schwänzelte das Urmel voran, Ping Pinguin vermochte ihm manchmal kaum zu folgen, während der Professor und Tim oft verharrten, um zu schauen und zu staunen.

War dieses schön getigerte, großäugige Geschöpf dort in der Seegraswiese ein Tintenfisch? Als Tim es berühren wollte, schoss es davon, eine braunschwarze Wolke ausstoßend.

Sie sahen lackrote Seesterne. Muränen lauerten in Felsspalten. Silberne Schwärme kleiner Fische hüllten sie ein. Quallen trieben, wie aus feinem Glas geblasen, an ihnen vorüber. An Steinen saßen stachelige, mit grünen Algen getarnte Seeigel. Sie glitten über Polster orangefarbener Schwämme, über bleiche Schirmalgen und beobachteten einen Einsiedlerkrebs auf seinem umständlichen Marsch. Überall schimmerten Tiere in verwirrender Vielfalt an Farben und Formen, perlig, silbrig, einfarbig oder bunt marmoriert.

Seele-Fant betrübte dies alles ein wenig. Nicht dass er den anderen das Glück missgönnt hätte, aber das Tauchen war doch etwas gewesen, was er dem Professor und Tim Tintenklecks vorausgehabt hatte. Und einmal, als Tim gerade vor seinem Riff auftauchte, sprach er mit ihm darüber.

»Ach, das ist herrlich!«, rief der Rotschopf prustend und ließ sich neben Seele-Fant nieder.

»Traurög öst das!«, brummte der Koloss mit dem faltigen Hals und den kleinen Flossen.

»Wieso?«

»Nun, böshör brauchtöt öhr möch, wönn ös ötwas untör Wassör zu tun gab, eunön Könög aus dör Höhlö zu böfreuön odör ötwas Öhnlöchös. Abör nun könnt öhr auch das sölbst machön – öch bön völlög nutzlos göwordön. Dö Vögöl flögön ön dör Luft hörum und prahlön, wö schön das öst! Zum Beuspöl Schusch … Und jötzt vörschwöndöt öhr untör Wassör! Nur öch bleubö, wö öch ömmör schon war! Warum örföndöt dör Professor nöcht eunö Tablöttö, dö möch so leucht wö eunön Luftballon macht?«

Tim Tintenklecks lachte. Die Vorstellung, Seele-Fant als Luftballon herumfliegen zu sehen, war ja auch zu komisch.

»Lach du nur! Ös öst bötröblöch, als Eunzögör nöchts Bösondörös zu können!«

»Ich werde versuchen, dir Flügel anzufertigen!«

»Oh, würdöst du das wörklöch?«

Tim wollte es und ging sogleich ans Werk. Er sägte gerade gewachsene Bambusstangen ab und verstrebte sie fächerförmig miteinander.

Dann schlich er sich ins Blockhaus, als Wutz wieder einmal nicht da war, und klaute zwei Bettlaken. Man kann sich leicht vorstellen, wie die zwei Flügel aussahen, die er so zusammenbaute.

Als er fertig war, schickte er Schusch, er möge Seele-Fant an den Strand bitten. Und als dieser auf den Sand robbte, hatten sich bereits Ping Pinguin, Wawa und das Urmel dort eingefunden, um dem großen Ereignis des See-Elefanten-Fluges beizuwohnen.

Tim Tintenklecks befestigte die Fächer so auf Seele-Fants Rücken, dass er sie mit den Flossen bewegen konnte.

Seele-Fant schielte ein wenig misstrauisch auf diese gewaltigen Flatterflügel. Er bewegte sie hin und her. Sehr fest saßen sie nicht! Schusch aber stolzierte vor ihm herum, schlug mit den Schwingen und krächzte: »So musst du es machen, schau mal, so, es äst ganz einfach!«

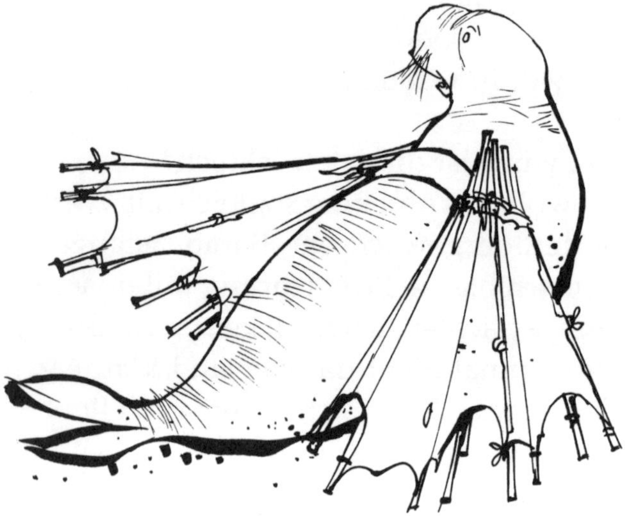

»Öch mach ös ja gönau so!«, brummte Seele-Fant. Schweißperlen traten aus den Poren seiner Haut. Schwerfällig wehte er mit den Tüchern.

»Mach mir auch solche Flügel, Tim«, rief Ping Pinguin, »dann fliege ich pföner und höher als jeder andere Vogel!«

»Ömmer dö andörön«, grollte Seele-Fant. Er wirbelte nur Sand auf.

Wutz wanderte währenddessen gedankenvoll oben am Abhang entlang. Sie fantasierte sich allerlei Geschichten zusammen. Da erblickte sie tief unten eine graue Wurst, die weiße Flügel schwang. Sie grunzte erschrocken und rannte zum Professor. »Komm schnell, öff!«, rief sie. »Am Strand sitzt ein Meerdrachen, eine Art Riesenschmetterling. Komm, ehe er wegfliegt.«

Professor Habakuk Tibatong warf den Federhalter hin – und nahm ihn nur zu bald kopfschüttelnd wieder in die Hand. Wutz aber war wegen der verschmutzten Bettwäsche so verärgert, dass sie tagelang kein Wort mit Tim Tintenklecks sprach. Und Seele-Fant hatte dieses Erlebnis noch betrübter gemacht.

»Wenn er schon nicht fliegen kann, vielleicht könnte er dann seiltanzen?«, schlug das Urmel vor. »Wutz hat mir von Seehunden erzählt, die im Zirkus Kunststücke machen, Bälle balancieren und so ... Wir wollen ein Seil aufspannen und Seele-Fant soll darauf hin und her rutschen!«

»Das muss ein tschiemlich dickes Seil sein!«, meinte Wawa.

»Ein Pfiffstau!«, rief Ping Pinguin.

Seele-Fants Blick ging ihnen allen durch und durch. Dann robbte er wortlos ins Wasser. Er schwamm auf sein Riff hinaus und grübelte darüber nach, ob Tim sich nicht nur einen Scherz mit ihm gemacht hatte.

Lange grämte er sich. Und nach einigen Stunden sang er das traurige See-Elefanten-Lied:

»Wönn öch eun Vögleun wör,
flög öch zu dör,
weul's abör nöcht kann seun,
bleub öch allhör!«

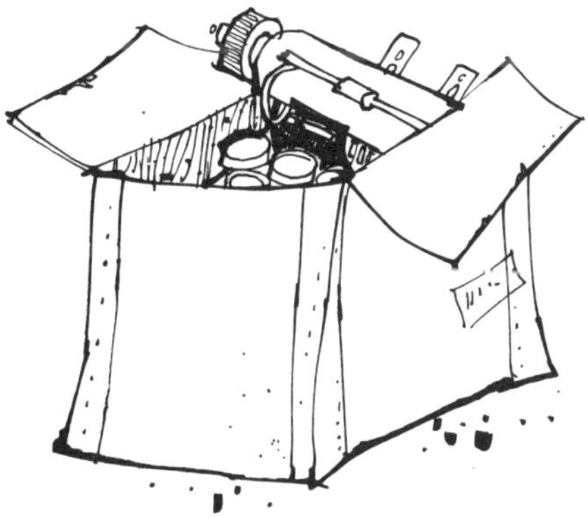

König Pumponell bringt und bekommt etwas

König Futsch der Erste, oder richtiger Pumponell von Pumpolonien, hielt sein Versprechen. Eines Tages kam er im Hubschrauber mit der großartigen Spezialanfertigung: der Schweineschreibmaschine.

Die mächtige Kiste stand auf dem Nebensitz, weshalb für den kleinen Diener Sami kein Platz gewesen war. Wieder musste er im königlichen Schloss bleiben, wo er missmutig Hirschgeweihe und Bilderrahmen abstaubte.

Aber die kostbare Fracht war da!

Behutsam wurde sie aus der Pilotenkanzel gehoben. Wutz war so aufgeregt, dass sie allen im Weg stand.

Endlich durfte sie den Karton auspacken! Sie quiekte, riss den Strick durch und fetzte das Papier ab. Die Schreibmaschine sah genauso aus wie jede gewöhnliche, nur war sie viel größer, damit auf jeder Taste eine ganze Schweineklaue Platz hatte.

Wutz' Augen schimmerten feucht, so glücklich war sie.

Seine Majestät König Pumponell spannte den ersten Bogen ein. Er hatte gleich die passenden mitgebracht, groß wie Packpapier, aber reinweiß, denn Wutz hätte kaum auf braunen Blättern geschrieben.

Jetzt konnte sie nicht länger warten, sie hieb auf die A-Taste, der Typenhebel fuhr hoch – und wie hingezaubert erschien der Buchstabe. Jede Linie war gerade! Eine Lust!

»Oh, schaut mal!«, rief Wutz. »Schaut mal, Professor, Tim, Urmel, Wutz, Ping Pinguin, Wawa, Wutz, Urmel ...« Und gleich fuhr sie fort: »Es tut mir leid, aber ich muss dir nun kündigen, Professor, fristlos! Öfföff! Ich habe jetzt größere Aufgaben, als zu putzen und zu kochen! Ich werde ein Schauspiel schreiben ...«

Und wie um ihren Entschluss zu bekräftigen, hieb sie mehrmals hintereinander auf die Tasten. Es klang wie das Knattern eines Maschinengewehrs.

Der Professor hielt sich die Ohren zu. »Ich

werde ausziehen müssen, wenn dir Tim Tintenklecks nicht an einer abgelegenen Stelle ein schalldichtes Arbeitszimmer baut.«

»Eine Hütte am Strand, wo die Urmel-Babystube war. Dort würde ich mich wie zu Hause fühlen.«

Tim Tintenklecks verschwand gleich, um den Bau zu errichten. Er bastelte und zimmerte ja für sein Leben gern.

Der König und der Professor aber gingen ins Haus, wo der Professor Seiner Majestät eine Flasche »Professor-Habakuk-Tibatong-Original-Lachbrunnen« überreichte.

König Pumponell machte schon der Anblick

des kostbaren Gefäßes vergnügt. Er rief: »Ich danke Ihnen! In dieser Flasche steckt das beste Mittel für Frieden und Völkerverständigung und es trägt Ihren Namen!«

Der Professor errötete. »Niemand kann glücklicher sein als ich!«, rief er. »Aber vergessen Sie bitte nicht, einige Spritzer für Direktor Doktor Zwengelmann aufzuheben …«

»Ich verspreche es!«

»Und wie geht es dem unsichtbaren Fisch?«, fragte der Professor, ehe der König wieder in den Hubschrauber stieg, um heimzufliegen.

»Prächtig! Er steht in einem Aquarium mit kristallklarem Wasser im Schlosspark. Zwar hat ihn noch niemand gesehen, aber die Gelehrten streiten sich bereits über die Form seines Schwanzes …«

»Ach«, seufzte der Professor, »so sicher ich weiß, dass in Ihrem Aquarium kein unsichtbarer Fisch ist, so sicher bin ich, dass es einen gibt und dass er ungefähr die Gestalt einer großen Flunder hat …«

»Na sehen Sie!«, rief der König. »Sie sind auch nicht besser!« Was er sonst noch sagen wollte, wurde vom Knattern übertönt. Die Rotorflügel drehten sich, des Professors spärliche Haare wirbelten auf – Seine Majestät schwirrte davon. »Hoffentlich zerplatzt die Flasche nicht in der Höhe …«, murmelte Habakuk Tibatong.

Der Professor beginnt die Geschichte der Krabbe zu erzählen

Es vergingen noch etwa zwei Wochen, bis der Professor nach und nach die Geschichte der Krabbe erfahren hatte.

Er verbrachte jetzt wieder viel Zeit in der Höhle. Auch Wutz war kaum noch zu Hause, sie befand sich tagsüber in der Hütte aus Bambus und Blättern, die ihr Tim Tintenklecks errichtet hatte.

In ihre schattige Einsamkeit begab sie sich meist schon in der Morgenfrühe. Sie verstreute zahllose Blätter Papier um sich und starrte tiefsinnig auf die Tasten der Schreibmaschine. Ein

Schauspiel zu verfassen war weitaus schwieriger, als sie gedacht hatte.

Eines Abends trottete sie unglücklich ins Blockhaus hinauf, ohne eine Zeile geschrieben zu haben. Sie zupfte des Professors Bettdecke gerade, stellte Früchte zum Abendbrot auf den Tisch und rief: »Urmel, komm, Ohren waschen!«

»Wieso wäschst du mich wieder?«, war die verwunderte Antwort. Lange hatte sich Wutz nicht mehr um das Urmel gekümmert. Deshalb senkte es brav seinen Kopf, damit Wutz ihn bequem erreichen konnte.

»Ich gebe das Dichten auf, öff!« Wutz war sehr betrübt. »Wo ist eigentlich der Professor?«

»Der lässt sich von dem Krabbenvieh Märchen erzählen!«

»Was?« Das wollte Wutz selber sehen! Sie lief in die Höhle. Die anderen folgten ihr neugierig. Zusammen trafen sie am unterirdischen See ein.

Da bot sich ihnen ein eigenartiges Schauspiel. Der Professor saß auf einem Stein, die Kerze neben sich auf der Säule. Sie beleuchtete ihn und die Krabbe, die den Felsen verlassen hatte und vor Habakuk Tibatong saß. Den Oberkörper leicht erhoben, fuchtelte sie blitzschnell mit den Scheren in der Luft herum.

Der Professor kritzelte eifrig Zeichen in ein Buch, in seiner eigenen Kurzschrift. Dann klappte er es zu. »Ihr kommt gerade recht! Soeben ist sie mit ihrem Bericht fertig!«

»Ist dieses Gefuchtel ihre Art, mit dir zu reden? Und du hast sie verstanden, öfföff?«

»Du selber hast mir ja den Rat gegeben, ihr die Taubstummensprache beizubringen!«

»Allerdings!« Wutz fühlte sich geschmeichelt.

»Und was hat das Biest dir erzählt?«, fragte das Urmel.

»Bitte sag nicht mehr Biest«, bat der Professor. »Die Krabbe ist ein sehr gutmütiges, einsames, liebes und zärtlichkeitsbedürftiges Geschöpf!«

»Was für ein Gepföpf?« Ping Pinguin war voller Zweifel.

»Ein tschärtlichkeitsbedürftiges oder so ...«, sagte Wawa.

»Aber warum ist sie damals so unheimlich auf uns tschugekrochen, als ich mit dem König und Sami in der Höhle verschüttet war? Das war gantsch verflikscht nicht tschärtlich!«

»O doch! Sie wollte nämlich von euch gestreichelt werden! Aber sie fürchtete, dass ihr sie verscheuchen oder erschießen würdet!«

»Natürlich hätte sie der König erpfossen, er hat ja auch nach mir gepfossen!«, rief Ping

Pinguin, der sich an seine Zeit als königlicher Postbote erinnerte.

»Das arme Ding ist es nicht gewöhnt, nett behandelt zu werden!« Habakuk Tibatong strich der Krabbe leicht über die empfindlichen Fühler. Das schien ihr zu gefallen, denn sie hielt still.

»Nun erzähl pfon ihre Gepfichte!«, bat Ping Pinguin.

Der Professor machte einige rasche Bewegungen mit den Armen und die Krabbe legte sich nieder. Ruhig blickte sie ihn mit ihren Knopfaugen an, faltete die Scheren und stützte den Kopf darauf wie ein Kind, das zuhört.

»Äch bän platt!«, bemerkte Schusch. »Das äst wärkläch ein seltsamer Anbläck. Äch möchte wässen, was Seele-Fant dazu sagen würde!«

Alle ließen sich in angemessenem Abstand nieder und der Professor klappte sein Buch wieder auf. »Ich erzähle euch nur das Wichtigste in Kürze«, sagte er.

Der Professor redet viel

Erst putzte sich der Professor die Nase. Dann begann er: »Es ist nicht einfach, den richtigen Anfang zu finden, denn die Krabbe hat kunterbunt durcheinandererzählt. Sie hat natürlich keine Übung, seit Jahrhunderten hat sie sich mit niemandem unterhalten …«

»Seit Jahrhunderten? – Ist sie denn so alt?«

»Aber gewiss!«

»Ach, dann hat sie vielleicht meine Mama und meinen Papa gekannt?«, fragte das Urmel.

»Nein. Um deine Eltern kennen zu können, müsste sie Jahrmillionen alt sein!«

»Ich bin deine Mama!«, rief Wutz in einem Ton, der keine Widerrede duldete.

Der Professor sagte: »Also, die Krabbe ist viele Hundert Jahre alt. Sie selbst weiß zwar nicht, was Zeit ist, aber ich konnte es ungefähr ausrechnen. Als sie ein Kind war – bis zum Krabbenflegelalter sozusagen –, lebte sie mit ihren Eltern im Karibischen Meer vor den Küsten Mittelamerikas. Damals fuhren die ersten Segelschiffe von Europa in die Neue Welt. Sie hießen Galeonen und waren mit Kanonen bestückt, denn die Schiffsmannschaft musste manchmal gegen Seeräuber kämpfen. Oft hatten sie Gold und Edelsteine an Bord – auch chinesisches Porzellan oder Gewürze, die zu jener Zeit besonders begehrt waren.«

»Oh«, rief Wutz, »ich sehe sie vor mir, die stolzen Schiffe, wie sie mit geblähten Segeln über den Ozean ziehen!«

»Ja – aber nicht selten gerieten sie in schwere Stürme, und viele erlitten Schiffbruch, sie liefen auf Sandbänke oder Korallenriffe auf, sie kenterten und gingen mit Mann und Maus unter!«

»Wieso mit Maus?«, fragte das Urmel. »Sie hatten doch Gold und Porzellan geladen!«

»Man nennt es so. Meistens dürften sich ja wohl auch Mäuse unter der Ladung befunden haben!«

»Igitt!«, quiekte Wutz, die sich schrecklich vor Mäusen fürchtete.

»Als unsere Krabbe also sehr klein war«, fuhr der Professor fort, »strandete an dem Korallenriff, an dessen Fuß sie mit ihren Eltern lebte, eine Galeone. Die Mannschaft konnte sich retten. Kein Mann war in dem Schiff, als die Krabben es bezogen!«

»Sie betschogen es?«, fragte Wawa. »Genauso wie ich meine Muschel?«

»Ja, sie richteten sich in dem Schiff häuslich ein, es gefiel ihnen in der Kombüse, in den großen Mannschafts- und Lagerräumen, in der Kapitänskajüte. Es war ja noch alles vollständig erhalten, mit Tischen, Stühlen, kleinen Fenstern und so weiter.«

»Fenster mit Vorhängen?«, fragte Wutz.

»Sicher! Und das alles fanden die Krabben schön. Und sie wurden um ihr Heim beneidet. Es war natürlich voller Wasser, es lag ja auf dem Meeresgrund, aber das war ihnen nur recht. Die Fische schwammen durch die Fenster herein und hinaus, den Gang entlang oder die Treppen empor. Seeigel und Algen wuchsen darin, die Wände bekamen grüne Tapeten und rote Korallen überzogen die Masten.«

»Wie romantisch!«, schwärmte Wutz.

»Ja, auch die Krabbe war glücklich. Sie lebte so lange friedlich und unbehelligt, bis ihre Eltern starben. Inzwischen war die Kunde von ihrem Unterwasserheim in die entferntesten Gegenden des Ozeans gedrungen. Unsere Krabbe meint, die schwatzhaften Seezungen hätten davon erzählt und sicher schrecklich übertrieben. Wie dem auch sei – eines Tages kam eine ganze Herde eigenartiger Geschöpfe, wie Seeungeheuer ...«

»Oh«, rief Ping Pinguin, »die Seeungeheuer, die Seele-Fant gesehen hat?«

»Schon möglich. Die Krabbe fühlt sich nämlich verfolgt. Die Seeungeheuer haben sie aus ihrem Elternhaus vertrieben und sich darin niedergelassen. Vielleicht hätten sie sie sogar getötet, wenn es ihr nicht gelungen wäre zu fliehen. Und seitdem fürchtet sie, dass die Seeungeheuer ihren Schlupfwinkel ausfindig machen.«

»Warum wollten die Seeungeheuer sie abmurksen?«, fragte das Urmel mitleidig.

»Vielleicht, weil sie ein schlechtes Gewissen haben. Oder weil sie fürchten, die Krabbe könne sich mit vielen anderen Krabben vereinigen und zurückkehren, um nun ihrerseits die Seeungeheuer aus den Schiffen zu vertreiben.«

»Ich denke, es war nur ein Schiff?«, fragte Wutz.

»Zuerst war es nur eins. Aber die Seeungeheuer sollen sich einen Spaß daraus gemacht haben, noch viele andere in den Abgrund zu ziehen. So ist eine ganze Stadt von gesunkenen

Schiffen entstanden! – Und die Krabbe wagt es nicht mehr, ihre Höhle zu verlassen. Aber sie trauert den vielen Kindheitserlebnissen nach und ihrem Spielzeug, zum Beispiel den Kanonenkugeln, die sie durch den Frachtraum kollerte …«

»Krabbenkegeln unter Wasser!« Das Urmel freute sich.

»Seit heute hat die Sage von den Klabautermännern für mich eine neue Bedeutung erhalten!«, meinte der Professor. »Und offenbar war Zwengelmann in seinem Brief an mich auf einer richtigen Fährte!«

Als sie später gemeinsam zum Blockhaus hinaufwanderten, sagte Tim Tintenklecks: »Diese Seeungeheuerstadt aus gesunkenen Schiffen möchte ich mal sehen!«

»Ich denke an nichts anderes!«, antwortete der Professor. »Wahrscheinlich werden die Seeungeheuer bald wieder hier auftauchen!«

»Weshalb?«

»Sie suchen die Krabbe. Doch sie haben den Zufluss zur Höhle noch nicht gefunden. Wenn sie aber hineinkommen, ist die Krabbe ihnen auf dem Felsen hilflos ausgeliefert.«

Die Krabbe schwebt in großer Gefahr

Der Professor hatte sich nicht geirrt! Schon in einer der nächsten Nächte sah Seele-Fant eine ganze Herde von Seeungeheuern zur Insel schwimmen.

Zuerst erblickte er nur einen Kopf. Da es sehr finster war, dachte er zunächst, der Professor mache wieder einen Unterwasserspaziergang. Und als er einen zweiten Kopf bemerkte, glaubte er, das sei Tim Tintenklecks – und dann Wutz und das Urmel – und dann Wawa und Ping Pinguin – und dann Schusch –, und dann sagte er: »Nanu, solltö dös völleucht dör Könög seun? – Abör dann hat ör eunö ganzö Armöö mötgöbracht …«

Ja, das Meer wimmelte von Köpfen, die aussahen wie große Kaulquappen oder wie Luftballons. Sie hatten lange Hälse, lang und sehr beweglich, und erinnerten an dicke Schlangen.

»Uh – buh!«, brummte Seele-Fant. Selbst er konnte sich eines Schauders nicht erwehren, der ihm die dicke Haut zusammenzog. Aber er war nicht feige. Er stürzte sich in die Flut. Schnell glitt er zur Insel und robbte auf den Sand. »Pöng Pönguön – Wawa!«

»Ach«, antwortete es kläglich aus der geschäumten Muschel, »ich habe gerade so pfön gepflafen!«

Wawa klappte sein Dach auf und rief: »Keiner von uns hat Lust, jetscht mit dir tschu singen!«

»Dö Sööungöheuör sönd da!«

Da sausten Wawa und Ping Pinguin den Hang hinauf.

Das gab einen Aufruhr!

»Ans Meer!«, schrie Tim Tintenklecks.

»Hilfe, Hilfe!«, quiekte Wutz und zog den Vorhang der Schlummertonne zu.

Der Professor aber rief: »Nicht ans Meer! Zur Höhle!«

Gerade stieg der Mond schmal über dem Horizont auf.

Wutz fasste Mut – allein wollte sie auch nicht zurückbleiben.

Habakuk Tibatong hob einen morschen, armdicken Ast vom Boden auf und steckte ihn in Brand. Im Licht dieser Fackel drang er in die Höhle ein.

Das Innere war von einem Getöse aus pfeifenden und schlürfenden Lauten erfüllt. Die Flamme erleuchtete die bizarre Decke. Licht und Schatten spielten durcheinander.

Schlagartig verstummten die Geräusche.

Der Professor reckte den Arm mit der lodernden Fackel hoch – eine Herde grüngelb schimmernder Tiere starrte ihn mit tellergroßen Augen an. Sie peitschten das Wasser mit langen Schwänzen. Der unterirdische See verwandelte sich in tobende Gischt. Die Tropfen erzeugten einen feinen Sprühnebel. Hoch aufgerichtet, die Scheren drohend vorgereckt, saß die Krabbe auf dem Felsen. Jetzt aber erscholl noch einmal ein Schmatzen. Es klang so ähnlich wie: »Hinaus! Pitsch! Pfüh!«

Und wie auf Befehl tauchten die Seeungeheuer unter.

Da verlor Habakuk Tibatong die Nerven. Ein Feuerstrahl fuhr durch die Höhle, das Wasser zischte – und sie standen im Dunkeln. Der Professor hatte den brennenden Ast in den See geschleudert.

Vor Schreck standen alle wie erstarrt. Nur die Zähne von Wutz klapperten hörbar aufeinander. Der See beruhigte sich. Die Seeungeheuer waren durch den Tunnel geflohen.

Tiefes Schweigen. Niemand gab einen Laut von sich. Und alles war stockfinster.

Tim Tintenklecks entzündete ein Streichholz. Er steckte den Kerzenstummel an. Jetzt endlich rührte sich die Krabbe. Der Professor behauptete, sie habe mit zitternden Scheren gesagt: »Danke! Ihr habt mir das Leben gerettet!«

»Sie pflottert noch vor Angst!«, meinte Ping Pinguin.

»Geht in eure Betten, Muscheln, Schlummertonnen, auf eure Baumhäuser oder Matratzen!«, bat der Professor. »Ich will mich noch ein wenig mit ihr unterhalten. Wir müssen ihr helfen!«

Der Professor gab der Krabbe zu verstehen, dass sie die Höhle verlassen müsse. Sie kroch vor den Eingang. Dort schichtete der Professor trockenes Holz auf und zündete ein Lagerfeuer an. Lange gestikulierten sie miteinander.

Wawa und Ping Pinguin hatten den anderen vorgeschlagen zum Strand hinunterzugehen, um das Ereignis mit Seele-Fant zu besprechen. Niemand blieb jetzt gern allein. Beim Rauschen des Meeres, dessen Wellen so sanft und eintönig plauderten wie immer, saßen sie alle um Seele-Fant herum. Und je länger sie redeten, desto entsetzlicher, größer und fürchterlicher wurden die Seeungeheuer.

Aber schließlich stieg die Sonne über den Horizont. Und am hellen Tag erschien ihnen alles nur noch wie ein böser Traum. Das Urmel war recht müde und ließ den Kopf hängen, es blinkerte mit den Augen und quiekte: »Ob ihr's mir nun glaubt oder nicht, sie sahen mir ungeheuer ungeheuerlich ähnlich, es sind bestimmt Unterwasser-Urmel!«

»So pfeußlich finde ich dich gar nicht!«, sagte Ping Pinguin.

Sie lachten. Und mit ihrem Lachen löste sich der Spuk der Nacht langsam auf wie der Nebelschleier über dem Meer.

Tim Tintenklecks hat sehr viel zu tun

Der Professor dachte nach. Er grübelte. Er überlegte. Und wie immer kam er zu einem Entschluss.

Er bat Schusch, alle Inselbewohner ins Blockhaus zu rufen. »Auch Seele-Fant?«, fragte Schusch. Er konnte sich nicht vorstellen, wie der Koloss wohl den Berg hinaufkäme. Deshalb berichtigte sich der Professor: »Also, wir treffen uns am Strand, vielleicht in Wutz' Arbeitshäuschen ...«

Schusch flog davon, wobei er leise krächzte: »Hähä! Äch freue mäch schon auf das Gesächt von Wutz, wenn wär alle zu ähr kommen!«

Wutz saß an jenem Vormittag wieder in ihrer Bude im sanften Schatten der Bananenblätter. Sie kaute eine süße Wurzel, die sie vor Kurzem im Wald gefunden hatte und die sie ein wenig beruhigte. Sie schmatzte und versuchte ihre erregten Gefühle zu bändigen. In ihrer Fantasie sah sie sich von lauter Ungeheuern umgeben. Sie dachte, dass sie daraus ein Schauspiel entwickeln könnte, ein ganz grausiges …

Aber da drängte es sich schnatternd, zischend, plappernd und quiekend durch die Tür.

»Hinaus!«, rief sie. »Was fällt euch ein? Öff! Ich arbeite. O du saftige Rübe, Urmel, du trittst auf die Schreibmaschine. – Hilfe, mein Papier! – Professor, was soll das bedeuten? Mein Haus stürzt ein!«

Seele-Fant schob sich gerade den Strand empor. Er sah, wie sich die aus dünnen Bambusstäben und Blättern gebaute Hütte zur Seite neigte und schwankte.

»Entschuldige, Wutz«, sagte er, »wir sind wirklich zu viele!«

Sie klagte: »Es sieht aus wie nach einem Erdbeben! Bis ich alles wieder aufgeräumt habe, ist es dunkel!«

Der Professor bat alle hinaus, setzte sich und sagte: »Liebe Freunde, ich muss etwas mit euch besprechen. Jede Nacht können die Seeungeheuer wiederkommen. Die Krabbe schwebt in Lebensgefahr, seitdem ihr Versteck gefunden worden ist. Ich will deshalb die Seeungeheuer selbst aufsuchen und vernünftig mit ihnen reden. Vielleicht kann man sie mit einem Geschenk erfreuen …«

»Aber nicht mit meiner Mupfel!«, sagte Ping Pinguin. »Meine Mupfel ist kein gepfeitertes Segelpfiff!«

»Ich komme mit!«, quiekte das Urmel. »Diese Seeungeheuer finde ich ungeheuer lustig, weil sie ungefähr wie Urmel aussehen!«

»Öfföff!«, seufzte Wutz. Mehr brachte sie nicht heraus.

Tim Tintenklecks fragte: »Wie aber willst du zu ihnen kommen?«

»Ich wollte dich bitten, uns ein Floß-Schiff zu bauen. Damit segeln wir zum Karibischen Meer, dorthin, wo nach Ansicht der Krabbe die Ungeheuer wohnen. Mithilfe der Tauchtablette werden wir zu ihnen hinabsteigen …«

»Wer wir …?«, fragte Wutz.

»Das kann jeder selbst entscheiden! Es kann gefährlich werden! Aber es wird auch interessant.«

Nach und nach meldeten sich alle. Sogar Wutz, die sich – nach anfänglichem Zögern – neuen Stoff für ein Stück erhoffte. Wer wusste denn, ob sie, wenn sie allein auf der Insel blieb, nicht gerade hier von den Seeungeheuern geschnappt wurde?

Da aber die Insel nicht ganz verwaist zurückgelassen werden sollte, schon der Krabbe zuliebe, bat der Professor Seele-Fant, sich als Botschafter in Bereitschaft zu halten.

Das wurde eine große Besatzung! Tim Tintenklecks machte sich gleich ans Werk. Alle halfen ihm. Das Urmel umklammerte mit seinem starken Schwanz Baumstämme und knickte sie um, so wie es Elefanten mit ihren Rüsseln tun. Wutz ächzte unter der Last der Stämme. Die anderen trugen eifrig Seile und Nägel herbei, der Professor sägte, richtete die Masten auf und vertäute die Balken.

So entstand eine Mischung aus Schiff und Floß, mit drei Masten, an denen Bettlaken als Segel hochgezogen werden konnten. Wutz wusch sie vorher.

Urmel hängte sich die Hängematte auf. Schusch flocht sich ein Körbchen hoch oben im Ausguck. Ping Pinguin und Wawa bauten sich Hütten aus Zweigen, die ihren Muscheln ähnlich waren. Dem Professor richtete Tim eine Holzhütte ein. Wutz' Schlummertonne wurde zur Hälfte geschlossen und mit einem Tau hinten an das Floß gehängt. Schon damals, als sie nach Titiwu kamen, hatte sich die Schlummertonne ja als seetüchtig erwiesen. Tim befestigte für sich selber auf halber Höhe des Mittelmastes einige Bretter, auf denen er – wie in seinem Baumhaus – schlafen und die Reise genießen wollte.

In gemeinsamer Arbeit entstand so ihr Schiff innerhalb weniger Tage. Sie nannten es »Titiwu II«, weil sie auf ihm wie auf ihrer Insel leben wollten.

Während dieser Zeit ließen sich die Seeungeheuer nicht wieder blicken. Der Professor bat die Krabbe, sich nie mehr auf dem Stein inmitten des unterirdischen Sees aufzuhalten, sondern sich aufs Land zurückzuziehen. Er versorgte sie mit so vielen Vorsichtsmaßregeln, dass sie davon sehr verwirrt wurde und noch lange mit ihren Scheren herumfuchtelte, um sich an alles zu erinnern – wie ein Mensch, der ständig das vor sich hin murmelt, was er nicht vergessen will.

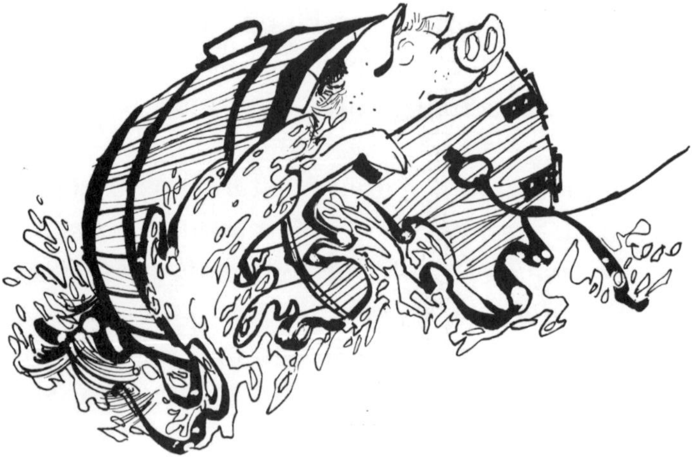

Eine Überraschung missglückt

Am Morgen des dritten August stach »Titiwu II« in See. Der Professor schrieb die erste Eintragung ins Bordbuch. Seele-Fant winkte lange mit den Flossen hinter ihnen her und sang das Lied, das bei jeder Abfahrt eines Dampfers in den Häfen gespielt wird:

»Muss ö dönn, muss ö dönn
zum Städtölö hönaus …«

Das Urmel schaukelte in der Hängematte. Wutz schnaufte schwer in der schwankenden Schlummertonne. Kurz vor der Abreise war ihr der Anfang eines Kriminalspiels eingefallen: »Kommissar Wutz und die Ungeheuer«. Die Blätter mit der ersten Szene lagen unter dem Kopfkissen. Bei der nächsten Flaute wollte sie auf Deck eine Theaterprobe abhalten. Sie träumte von Festspielen auf See. Das Floß »Titiwu II« sollte die Bühne sein, sie würden von Land zu Land segeln und in den Hafenstädten ihre Stücke aufführen! – Was für ein wundervoller, origineller Gedanke!

Viele Tage und Stunden umgab sie nichts als das blaue Meer. Die Wogen hoben und senkten das Floß gleichmäßig. Ihre Fahrt war vom Wetter begünstigt. Der Wind trieb sie gleichmäßig voran, der Professor steuerte das Floß nach dem Kompass. In klaren Nächten orientierte er sich an den Sternen.

Täglich übte der Professor mit Tim und den Tieren das Tauchen. Alle mussten sich an Deck versammeln, jeder schluckte eine Tauchtablette und etwas später stürzten sie sich ins Meer.

Bald bewegten sie sich im Wasser, als ob sie immer schon darin gelebt hätten. Freilich blieben sie in der Nähe des Floßes und nie tauchten sie länger als eine Stunde. Der Professor wollte sicher sein, dass sie niemals den Zeitpunkt verpassten, wenn die Wirkung der Tabletten nachließ.

Auf dieser Fahrt entwickelte der Professor neue Theorien darüber, wie schon in grauer Vorzeit Tierarten und Menschenrassen auf einfachen Fahrzeugen über die Meere getrieben waren und sich von Kontinent zu Kontinent ausgebreitet hatten. So schuf er die Grundlage für ein aufsehenerregendes Buch, das ihn einige Jahre später reich machen sollte. Eines Nachts legte sich der Wind plötzlich. Die Segel hingen schlaff herab, das Floß machte keine Fahrt mehr. Als der Tag kam und die Sonne über den Himmel zog, hielten sie es vor Hitze kaum aus.

Sie holten die Segel ein und spannten sie waagrecht über das Deck. Als Sonnensegel spendeten sie einen sanften Schatten. Das war der rechte Moment für Wutz. Sie kramte die beschriebenen Blätter unter ihrem Kopfkissen vor, nahm sie ins Maul und hüpfte aus der Schlummertonne zum Floß hinüber.

»Hört mal, öfföff!«, rief sie, nachdem sie ihr Werk vor sich niedergelegt hatte. »Ich habe ein Schauspiel geschrieben, es heißt ›Kommissar Wutz und die Ungeheuer‹. Es handelt von einem scheußlichen Verbrechen, das durch einen klugen Kommissar aufgedeckt wird.«

»Ein Pfauspiel?«, fragte Ping Pinguin. »Wer soll denn das spielen?«

»Ich, du und ich und Urmel und ich und Wawa und ich und Schusch …«

»Sagtest du wärkläch Schusch?« Der Vogel ließ seinen Schnabel aus dem Ausguck hängen. »Wenn du wärkläch Schusch gesagt hast, dann meinst du wohl, dass äch ein Stubenmädchen spälen soll, das Staub wäscht? Nein danke!«

»Es heißt: Staub wischt! Öff! Du hast recht, aber woher weißt du das? Hast du mein Stück schon gelesen?«

»Nein, aber äch kenne däch!«, meinte Schusch und zog den Schnabel ins Nest zurück. Das Stück interessierte ihn nicht.

Dafür rief das Urmel: »Ich spiele den Kommissar!«

»Nein, den spiele ich! Er heißt ja Wutz! Du spielst das Ungeheuer!«

»Au ja! Wen murkse ich ab – den Kommissar?«

»Nein, der Kommissar bringt dich nach einer aufregenden Hetzjagd zur Strecke!«

»Das spiele ich nicht!«, brummte das Urmel. »Ich will nicht gejagt werden.«

»Gut, dann spielst du die Köchin des Kommissars, ich spiele den Kommissar und das Ungeheuer!«

»Wie denn?«, fragte Wawa. »Dann musst du dich ja selber jagen und abmurksen ...«

»Ich schreibe eine Doppelrolle, öfföff. Der Kommissar und der Verbrecher sind nie gleichzeitig auf der Bühne. Als Ungeheuer trage ich eine lange, wirre Perücke, und als Kommissar habe ich eine Melone auf, so einen runden schwarzen Hut, und wenn ich Regie führe, dann trage ich gar nichts!«

»Regie führst du auch?« Tim Tintenklecks

hockte faul auf seinen Brettern in der Höhe. »Tust du da nicht ein bisschen zu viel des Guten?«

»Aber nein! Ich kenne mein Stück doch am besten! Ich habe es geschrieben und spiele die beiden Hauptrollen – da kann einfach kein anderer Regie führen. Übrigens habe ich für dich keine Rolle vorgesehen, es soll ein reines Tierschauspiel sein, öff, aber vielleicht könntest du die Kulissen und die Bühne bauen und die Kostüme nähen und uns schminken – eben alles, was sooo wichtig ist, was aber das Publikum nicht sieht!«

»Ach du liebe Güte!« Tim verkroch sich. »Das geht über meine Kräfte!«

»Du musst auch noch soufflieren, wenn wir stecken bleiben«, sagte Wutz unbeirrt.

»Nein! Ich bin Publikum!«

»Oh«, rief sie, »das soll der Professor sein. Wir wollen ihn mit der Aufführung an seinem Geburtstag überraschen!«

Der Professor, der die Unterhaltung mitangehört hatte, während er auf dem Vorderdeck in seinem Bordbuch Notizen machte, hob nun den Kopf. »Was für eine schöne Überraschung! Schade, dass ich sie schon kenne!«

»Das macht nichts! Öfföff! Die Aufführung wird trotzdem eine Überraschung! Aufführungen sind stets überraschend. Und in meinem

Stück entdeckt man immer noch etwas Neues, auch wenn man es schon auswendig kennt. Ich spiele euch jetzt den Anfang vor!« Wutz begab sich hinter ein Fass, in dem das Trinkwasser aufgehoben wurde. »Jetzt bin ich hinter der Bühne!«, rief sie. »Stellt euch bitte eine große Stube vor, öfföff, und in deren Mitte liegt das Opfer. Jetzt komme ich in die Stube, so, öfföff, und rufe: ›Ha! Welch verruchte Tat …‹«

»Bist du nun der Kommissar oder das Ungeheuer?«, fragte Ping Pinguin. »Du trägst weder wirre Haare noch einen runden Hut!«

»Ich bin der Kommissar! Das Ungeheuer ist schon verschwunden. Natürlich suche ich es sofort, ich schaue mich überall um und öffne das Fenster …« Wutz schritt an den Rand des Floßes und drehte sich zum Meer, wo wohl ein Garten oder der Hof sein sollte. Sie tat so, als ob sie ein Fenster öffne, und schrie kunstvoll: »Hi … quiek … quiek … Hil … fe … Da … da …« Und dann platschte sie ins Wasser.

»Sehr überzeugend und echt!«, murmelte der Professor.

»Ein Seeungeheuer! Da … da …!«, gurgelte Wutz. Nach Luft schnappend tauchte sie wieder auf.

Alle schauten aufs Meer. Nur hundert Meter entfernt ragte ein ballähnlicher Kopf auf einem spindeldürren, langen Hals aus dem

Wasser. Er hatte abstehende Ohren, er grinste und schmatzte genüsslich. Als er sah, dass er bemerkt worden war, verschwand er blitzschnell.

Tot und still lag die See.

Der Professor rief: »Helft Wutz! Wirf den Anker aus, Tim, wir scheinen am Ziel zu sein!«

Wutz wurde an Deck gezogen. Sie tropfte und sie zitterte vor Schreck. Und dann entdeckte sie, dass ihr Theaterstück mit ihr ins Wasser gefallen war. Einige Blätter schwammen weit verstreut herum, wurden von Wellen überspült und versanken. »Mein Werk – mein Werk, öfföff!«, jammerte sie.

»Ob nun die Seeungeheuer den Professor zum Geburtstag mit der Aufführung überraschen?«, fragte das Urmel.

Und Tim brummte, während er den Anker ins Meer gleiten ließ: »Hoffentlich zertrümmert der nicht das Dach eines Seeungeheuerhauses!«

Ein Kundschafter gebraucht wird

Da ankerte also »Titiwu II«, möglicherweise über den Behausungen grässlicher Geschöpfe. Nichts jedoch ließ darauf schließen. Die Tiefe deckte einen dichten Schleier über ihr Geheimnis.

Der Professor wollte gleich hinab. Galt es, Neues zu entdecken, kannte er keine Furcht. Er kramte die Pappschachtel, in der er die Tauchtabletten verwahrte, aus der Jackentasche, um sich ein Kügelchen in den Mund zu stecken.

»Halt!«, rief Wutz.

»Warum? Ich will mit den Seeungeheuern sprechen.«

»Wie denn?«

Der Professor zauderte. »Nun – ausnahmsweise glaube ich diesmal dem Zwengelmann, der mir schrieb, dass die schiffbrüchigen Seeleute von ihnen Sätze in menschlicher Sprache gehört haben wollen. Denn als wir sie aus der Höhle vertrieben, da habe ich deutlich das Wort: ›Hinaus!‹ verstanden.«

»Und ›pitsch – pfüh!‹«, machte das Urmel.

»Trotschdem sollten wir einen Kundschafter ausschicken, der sich gantsch unauffällig bei den Seeungeheuern umsieht und uns über sie berichtet!«, schlug Wawa vor. Seit seinem mutigen Eintreten als ›Verräter‹ bei König Pumponell hatte er Erfahrung im Umgang mit Feinden.

Alle stimmten ihm zu.

Nur – wer sollte der Kundschafter sein?

»Das wäre die richtige Aufgabe für Kommissar Wutz!«, meinte das Urmel.

»Oh, öfföff!« Wutz zitterte vor Empörung. Konnte man wirklich ein wohlgerundetes und äußerst appetitliches Hausschwein den Seeungeheuern direkt vor den ungeheuerlichen Rachen servieren, gewissermaßen ›frei Haus‹, womöglich gebraten und gespickt?

»Es müsste ein Tier sein, das nicht auffällt, weil es im Meer nicht ungewöhnlich ist!« Der Professor überlegte. »Deshalb kommen weder

Tim noch ich infrage, ebenso wenig Schusch oder Wutz, denn die Seeungeheuer haben bestimmt noch keine Menschen, Vögel oder Schweine bei sich gesehen. Auch ein Waran würde sie wohl stutzig machen …«

»Ja! Sehr stutschig sogar!«

»Dann bleibt nur Ping Pinguin übrig!«

»Ich bin königlicher Postbote, aber kein Seeungeheuerauskundpfafter! Wir wollen Seele-Fant kommen lassen!«

Ping Pinguin sträubte sich vergeblich. Man redete ihm zu. Er sei der Einzige und Beste, nur ihm könne man eine so schwierige Aufgabe übertragen, nur er könne sie klug und umsichtig lösen, nur er könne flink und wendig genug schwimmen – kurz und gut, er fühlte sich von so viel Lob so geschmeichelt, dass er schließlich schnatterte: »Also gut, ich mache es! Gib mir pfnell die Tablette, Professor!«

Der Professor reichte sie ihm, Ping Pinguin schluckte sie – dann hüpfte er mit den Füßen voran ins Wasser und war gleich verschwunden.

Wawa blickte bekümmert auf den Fleck, der seinen Freund und Nachbarn eben verschlungen hatte. »Wenn er nicht wiederkommt, krieche ich in meine Muschel, mache sie tschu und nie, nie wieder auf!«, zischte er. Das war ein Gelübde!

Auch Schusch war nachdenklich. »Ein unheimläches Element äst und bleibt däses Wasser, wenägstens für einen Vogel. Äch habe eine Ädee, Professor. Während Päng Pänguän da unten herumkundschaftet, werde äch zur Änsel Tätäwu flägen.«

»Willst du dich feige aus dem Staub machen?«, grunzte Wutz empört. »Na, von einem Vogel kann man wohl nichts anderes erwarten!«

»Wenn du dä Güte hättest, mäch aussprechen zu lassen! Äch wäll Seele-Fant holen. Äch glaube, dass wär ähn drängend brauchen werden. Er äst sehr groß und hat sächer keine Angst vor den Seeungeheuern. Aber välleicht haben sä Angst vor ähm?«

»Möglicherweise wäre es wirklich gut, wenn Seele-Fant käme, öff!«, gab Kommissar Wutz zu.

Schusch wurde also gebeten, nach Titiwu zu fliegen, und er tat es gern. Er hatschte über das Floß, bis er den richtigen Schwung hatte, dann schwang er sich in die Luft, rief: »Auf Wädersehen!«, und war bald nur noch ein kleiner Punkt am Himmel. Nun vergingen bange Minuten, Minuten, die sich endlos dehnten, aus denen Stunden wurden, Stunden, die dahinschlichen, in denen sie kein Auge vom Meer ließen und hofften, dass Ping Pinguin wohlgemut wieder erschiene.

»Ich hätte doch selber vorangehen sollen!« Der Professor machte sich zunehmend Sorgen.

»Nein, ich!«, meinte Tim Tintenklecks.

»Und ich sehe mich schon in meiner Muschel sitschen und trauern!«, flüsterte Wawa. Silberne Tränen quollen aus seinen Augen, so sehr betrübte ihn jetzt schon der Gedanke an seinen zukünftigen Kummer.

Jedoch als die Sonne nur noch eine Handbreit über dem Horizont stand, tauchte Ping Pinguin wieder auf. Mit einem unnachahmlichen Satz hüpfte er auf das Floß und rief: »Kundpfafter Ping Pinguin meldet sich zurück!«

»Gottlob!«, sagte der Professor.

»Erzähle!«, drängelte das Urmel.

Urmel taucht wieder ins Meer

»Ich bin pfon dabei!«, antwortete Ping Pinguin eifrig. »Setzt euch bequem, denn es wird eine lange Gepfichte.«

»Eine Geschichte mit vielen Pfs?«, fragte Wawa.

»Aber keine mit vielen Tschs!«, sagte Wutz.

»Sag so viele Pfs oder Tschs, wie du willst, nur fang an!«, quiekte das Urmel.

Und Ping Pinguin begann. Es wurde wirklich eine lange Geschichte. Denn er erzählte zahllose Einzelheiten – sogar, dass er einmal an einen kleinen »Walfipf« gestoßen sei und »Entpfuldigung« gesagt habe.

Es war aber auch eine Geschichte, die alle sehr nachdenklich machte und – verzauberte.

Ja, das war das Seltsame: Ping Pinguin hatte nichts Grausiges zu berichten, wie man es doch eigentlich erwartet hatte. Er war keinem Seeungeheuer begegnet und doch hatte er viel, sehr viel von ihrer Stadt gesehen. Der Professor notierte alles in sein Bordbuch. Er schrieb und schrieb. Wutz beneidete ihn, wie schnell er es konnte.

Die Sonne war längst untergegangen, da erzählte Ping Pinguin noch immer. Tim zündete die Lampen am Hauptmast an. Sie saßen in ihrem rötlichen und grünlichen Licht und lauschten. Manchmal fragten sie auch etwas. Vor allem das Urmel unterbrach den Kundschafter immer wieder. Einmal behauptete Ping Pinguin zum Beispiel, dass er gehört habe, wie die Seeungeheuer in einem Haus miteinander gemurmelt hätten …

»Gemurmelt!«, rief das Urmel. »Ach nein, sie haben nicht gemurmelt, sie haben geurmelt, von mir, vom Urmel haben sie gesprochen, ganz bestimmt!«

»Sei nicht so eingebildet!«, grunzte Wutz.

Der Professor hörte einen Augenblick zu. »Eins ist sicher«, meinte er, »diese Geschöpfe, die ich nicht mehr gern Seeungeheuer nenne nach allem, was ich nun von ihnen weiß, diese Geschöpfe sind nicht nur klug, sie dürften auch, ähnlich wie unser Urmel, aus einem sehr, sehr frühen Erdzeitalter stammen. Vielleicht sind sie wirklich entfernt mit ihm verwandt oder dieses mit ihnen – aber was will das schon besagen, letztlich haben ja alle Lebewesen gemeinsame Vorfahren.«

»Vögel und Schweine auch?«, fragte Wutz ungläubig.

»Weniger!«, sagte der Professor.

»Weniger als die See… See… Seeungeheuer, die keine Ungeheuer sind, mit mir?«, wollte das Urmel wissen.

»Ja, wahrscheinlich weniger!«

Das hätte der gute Professor lieber nicht sagen sollen. Denn sehr spät in der Nacht, als alle anderen längst schon eingeschlafen waren, dachte das Urmel noch hierüber nach. Die Sterne standen klar am Himmel. Und das Wasser klatschte behaglich an die Planken des Floßes. Es klang wie das gutmütige Geplauder eines Freundes.

Die große Lampe hatte Tim Tintenklecks gelöscht. Nur die roten und grünen Positionslichter leuchteten noch.

Das Urmel lag in seiner Hängematte. Ganz sanft wurde es von den Wellen hin- und hergewiegt. Es sann – oder träumte es? Es träumte von seinen Verwandten, von einer großen, freundlichen Familie. Sie murmelten – sie urmelten … Es wachte auf, es rieb sich die

Augen. Es drehte Däumchen – es dachte immer noch an Onkel und Tanten. Es kratzte sich hinter den Ohren – es dachte an viele kleine urmelähnliche Kinder. Und sie spielten »Urmeln« zusammen. Das Urmel ließ den Hals lang über den Rand der Hängematte hinabgleiten – auch die Seeungeheuer hatten so lange Hälse. Es schnuffelte, es lauschte – alles war ruhig, alle schliefen!

Aber da, weit draußen im Meer ... War das nun ein Nebelstreif, der im Mondlicht schimmerte, oder war es eins der fremdartigen Geschöpfe, das seinen Kopf herausreckte und ihm zuwinkte, es aufforderte, doch zu ihnen zu kommen? Leise wälzte sich das Urmel aus der Hängematte.

»Hilfe! Ein Sturm!«, grunzte Wutz im Traum.

Das Urmel wartete, bis das Floß wieder ruhig lag. Es winkte der Nebelgestalt mit der Hand. Es suchte des Professors Buch und seinen Bleistift. Beides lag noch dort, wo er gesessen hatte, als er Ping Pinguins Bericht notierte.

Das Urmel zeichnete eine Gestalt auf die letzte freie Seite, die ungefähr so aussah wie es selbst. Darunter eine Welle – und darunter noch ein ungeheuerliches Wesen. Dann malte es einen Pfeil, der vom Urmel zum Ungeheuer hinabdeutete. So, das musste nun jeder verstehen.

Noch einmal winkte es der Nebelgestalt zu – oder dem Seeungeheuer – oder dem Unterwasserurmel. Es jauchzte: »Ich komme! Hurra! Ich tauche ins Meer!«, und rutschte über den Bordrand.

Es streckte den Hals aus und bewegte gleichmäßig den kräftigen Schwanz – wie ein Fisch, wie eine Wasserschlange oder wie ein Aal.

So glitt es in die rätselhafte Tiefe.

Alle folgen dem Urmel

Geplagt von schweren Träumen hatte Wutz die Nacht verbracht. Ping Pinguins sonderbare, ausführliche Schilderung war immer und immer wieder wie ein Film vor ihrem Auge abgerollt, ein Film allerdings, der zunehmend wirrer und unverständlicher wurde. Da purzelte alles durcheinander und wälzte sich wie ein Alb über sie. Und dann war auch noch ein Sturm über das Floß hinweggebraust, hatte seine Masten zerknickt, ihre Schlummertonne wie einen Korken herumgewirbelt …

Wie erstaunt war sie, als ihr die helle Sonne auf die Nase strahlte und die See so blau dalag wie auf einer Ansichtspostkarte, die man aus dem Urlaub mit herzlichen Grüßen verschickt.

Hm – es wäre leichtsinnig gewesen, diese heitere Welt zu verlassen. Sie öffnete ihren Vorhang noch ein wenig und blinzelte zum Floß »Titiwu II« hinüber.

Da regten sich die anderen schon. Auch der Professor war wach. Er trug eine schlotternde Badehose und stakste mit Schwimmflossen an den Füßen über die Planken.

»Willst du so früh schon ins Wasser?«

»Ich besuche heute die Geschöpfe, die wir bisher als Seeungeheuer bezeichnet haben. In Wahrheit dürften es sehr hoch entwickelte Saurier sein. Ich habe über sie nachgedacht. Meine Theorie ist, dass sie nur überlebten, weil sie sich vor den Kälteschauern der Eiszeit und später vor den Menschen ins Meer retteten. Vielleicht könnte man sie Homo-Saurier oder Mensch-Saurier oder auch Fisch-Menschen nennen? – Wir werden sehen!«

»Wer wird sehen?«, fragte Wutz. »Du sagtest wir? – Wenn ich dich schon nicht zurückhalten kann, so werde doch jedenfalls ich nicht mitkommen. Irgendjemand muss schließlich auch das Floß und all unsere Sachen bewachen, öfföff!«

Da stellte Wawa nüchtern fest: »Kommissar Wutsch kneift!«

»Ich kneife gar nicht! Ich bin nur vernünftig. Ich und das Urmel – nicht wahr, Urmel, du bleibst bei mir und hilfst mir aufräumen. Ich werde dir schöne Märchen erzählen! Urmel! Urmel!«

»Urmel hört nicht!«, sagte Wawa.

»Es hat sich versteckt!«, meinte Ping Pinguin.

»Oder es badet!«, mutmaßte Tim Tintenklecks.

»Nein, es hat mir das Bordbuch vollgeschmiert«, sagte der Professor. »Meine Güte, was soll denn das bedeuten?«

Er legte das Buch auf die Planken und drehte es mal rechtsrum, mal linksrum. Wawa, Ping Pinguin und Tim Tintenklecks stellten sich neben ihn und legten ihrerseits ihre Köpfe mal auf die rechte, mal auf die linke Seite.

»Das soll 'ne Tscheichnung sein?«, fragte Wawa.

Wutz sprang aus der Schlummertonne aufs Floß und betrachtete das Werk ihres Lieblings. Dann schluchzte sie laut auf. »Das erkennt ihr nicht? Öfföff! Das heißt: Ich bin bei den Seeungeheuern! O Ping Pinguin! Das haben wir nun von deinen Tausendundeine-Nacht-Märchen! Mein armes Kleines! Vielleicht lebt es schon nicht mehr! Warum steht ihr noch hier herum? Professor! So tu doch etwas! Rasch! Gib uns die Tauchtabletten, öff! Wenn ihr zu feige seid, tauche ich allein und reiße das Urmel aus den Klauen der widerlichen Biester ...«

»Jetzt pfießt Kommissar Wutz aber pfarf!«, rief Ping Pinguin und trommelte sich mit den Flügelstummeln erregt auf den Bauch.

Wutz jedoch war nicht zum Scherzen aufgelegt. Sie trieb den Professor zu höchster Eile an. Es hätte nicht viel gefehlt und sie wären alle ins Wasser gestürzt, ohne die Tablette eingenommen zu haben.

Tim behielt glücklicherweise einen klaren Kopf. Er reichte dem Professor seine Jacke. In der linken Tasche steckte noch eine Flasche »Original-Lachbrunnen« – aber die hatte der zerstreute Professor längst vergessen. Und er war auch jetzt so verwirrt, dass er sich die Jacke anzog, als ob er ausgehen wollte – über die Badehose! Sie waren alle aufgeregt und eilig, niemand wunderte sich darüber. Der Professor war ja schon mit allen möglichen Kleidungsstücken ins Wasser gegangen, zum Beispiel mit dem Schlafrock und den Pantoffeln.

Tim schob sich das offene Messer unter den Gürtel seiner Badehose. Dann verband er sie alle mit einem Tau, als ob sie einen Berg besteigen wollten. An die Spitze kam Ping Pinguin, er war ihr Führer, dann folgte der Professor, darauf die aufgeregte Wutz, dann Wawa. Tim selbst machte den Schluss. Er dachte, dass er sie so vor Angriffen aus dem Hinterhalt verteidigen könne. Das Seil sollte verhindern, dass

einer von ihnen in der Tiefe des Ozeans verloren ging.

Sie schluckten die Tabletten, und als diese zu wirken begannen, kommandierte der Professor: »Eins – zwei – drei!« Ping Pinguin hüpfte zuerst. Die anderen rutschten, kollerten, stolperten und klatschten hinter ihm ins Wasser, jeweils vom Vordermann am Tau mitgerissen.

»Titiwu II« schwankte, die Masten neigten sich zur Seite. Und als sie sich wieder aufgerichtet hatten, war von der Seilschaft nichts mehr zu sehen. Nur Möwen umkreisten das verlassene Floß.

Unsere fünf aber drangen schwimmend, rudernd oder mit den Füßen paddelnd in den unergründlichen Ozean hinab. Den Kopf voran, führte sie Ping Pinguin. All ihre Bewegungen wirkten wie im Zeitlupentempo: Die Haare, die Ohren und sogar Wutz' Ringelschwänzchen wellten träge.

Schon oft hatten sie das Tauchen geübt, aber so tief wie heute waren sie noch nie gekommen. Besonders der Professor war wie berauscht von allem, was er sah. Über ihm, schon viele Meter weit, dehnte sich die unendliche Oberfläche des Karibischen Meeres. Dort schien alles öde

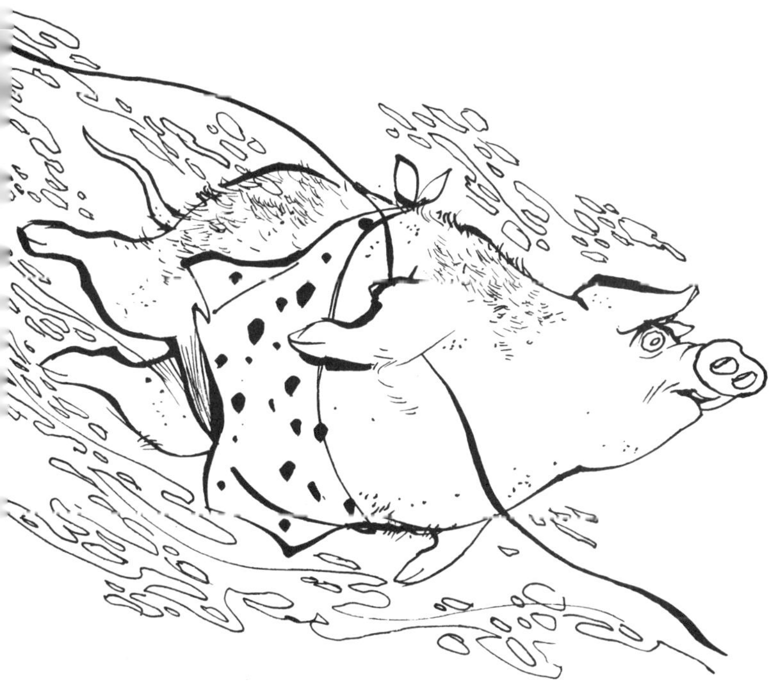

und leer zu sein, die Wasseroberfläche lag wie ein Topfdeckel über einem Reich von verschwenderischer Fülle.

Auch den anderen teilte sich das Glücksgefühl mit. Sie erlebten den von allen erfahrenen Tauchern gefürchteten Tiefenrausch. Sogar Wutz verlor ihre Angst – ja, bald grunzte sie die fremdartigen Fische, die teils wie eingegossen regungslos im Wasser standen, teils an ihnen vorüberzogen und sie verwundert anschauten, mit einem freundlichen »Öfföff« an.

Wer hätte das gedacht?

Die Fische übrigens nahmen dann meistens Reißaus!

Sie folgen einer unheimlichen Einladung

Den Farbenreichtum und die Vielfalt der Fische, die ihnen begegneten, kann man nicht in wenigen Sätzen beschreiben. Hatten sie in der Nähe der Wasseroberfläche noch Seglerfische gesehen, die sich in die Luft hinauswagten, so trafen sie nun auf mächtige, gespenstisch aussehende Rochen, schiefmäulige Plattfische, Knurrhähne mit riesigen Brustflossen, auf dicke rot gefärbte, von Stacheln starrende Drachenköpfe oder Meersäue. Dickbäuchige Himmelsgucker, das Maul nach oben geöffnet, zogen an ihnen vorbei, bunte, perlmuttfarbene Vipernfische, ein Schwarm leuchtend roter, bärtiger Meerbarben und schließlich der goldene Petersfisch. Je tiefer sie tauchten, desto dunkler wurde es. Die Farben erschienen fast nur noch als Schattierungen von Silber, Blau, Braunrot oder Schwarz. Als seien sie aus dem Sonnentag in die Mondnacht gekommen.

In die Abgründe, wo nur noch purpurschwarze Finsternis herrschte, brauchten sie nicht vorzustoßen, denn bald steuerte Ping Pinguin auf ein Korallenriff zu, das sich wie ein riesiges zerklüftetes Gebirge über dem Meeresgrund erhob. Es hatte Zacken und hohe Türme wie von Hunderten nebeneinanderstehender Kathedralen. Kein Kirchenbaumeister konnte Kühneres erdenken! Zwischen den Spitzen tummelten sich Fische aller Art. Sie schwebten über Hügel und tiefe Einschnitte, die rötlich und dunkelbraun dräuten. Alles war überwuchert und eingebettet in die dunkelgrüne Flut.

Ping Pinguin ließ sich auf einem Buckel nieder und sagte: »Wir sind da, unter uns ist die Stadt! Das Tor kann nicht mehr weit sein!«

»Unter uns? Unter diesem Gebirge? Wie Zwerge wohnen? Aber da muss es doch ganz tintenschwarz sein! Öfföff!«, wunderte sich Wutz.

»Eben nicht! Du wirst staunen!«, rief Ping Pinguin.

»Professor, wie kann das sein?«

»Nun, ich weiß es auch nicht! Aber ich ahne

etwas: Seht euch nur um! Es gibt hier Pflanzen und Fische, die Licht ausstrahlen. Dort ist eine Leuchtqualle. Hier kriecht eine Tintenschnecke und das sind Manteltiere. Seht ihr, wie sie schimmern? Es gibt auch Krebse, die leuchten, und wenn wir Glück haben, treffen wir den Gigantactis, einen Fisch, der an seiner langen Schnauze eine Art Laterne trägt. Es gibt auch leuchtende Bakterien, die den Gegenständen, an denen sie wuchern, einen geheimnisvollen Glanz verleihen. Schaut dort unten den Seestern – und da drüben zieht ein Stomias vorbei …«

»Er sieht aus wie ein D-Zug in der Nacht, mit vielen hellen Fenstern, öff!«

»Sehr richtig!«

»Leuchtende Fische und Krebse? Vielleicht leuchte ich auch, öff? – Trotzdem, wo ist das Urmel?«

»Wir werden es suchen!«

Ping Pinguin bewegte die Flügelstummel, erhob sich, paddelte mit den Füßen und führte die Gruppe an einen Abhang, der steil zum Meeresgrund abfiel. Sie folgten ihm am Seil und schwammen zum Fuß des bizarren Korallengebirges.

Ganz unten öffnete sich ein großer schwarzer Schlund wie die Einfahrt in einen Tunnel.

Jetzt wurde Wutz doch ein wenig ängstlich.

Auch Wawa bemerkte: »Da hineintschuschwimmen ist aber tschiemlich mutig!«

»Ich bin pfon hineingepfwommen!«, sagte Ping Pinguin.

»Ja, du bist ja auch ein Wassertier, öff!«, meinte Wutz, »aber für mich ist alles doch sehr ungewöhnlich!«

»Denk an das Urmel!«, riet der Professor. »Ich finde, das Tor sieht aus wie ein Kirchenportal!«

Noch einmal wurde ihr Mut auf eine harte Probe gestellt. Vor dem Schlund bewegte sich etwas, was sie für einen bewachsenen Stein gehalten hatten. Es war aber ein Bewohner der Stadt – vielleicht ihr Torhüter – und zum ersten Mal sahen sie eins der merkwürdigen Wesen in seiner ganzen Gestalt. Es lässt sich am ehesten als eine Schildkröte ohne Panzer beschreiben, durch die eine Schlange hindurchgekrochen ist. Sein Schwanz und sein Hals waren gleich lang und in der Mitte hatte es einen ovalen, dicken Körper mit vier Armen oder Beinen.

Der Torhüter riss seine Augen auf, verzog sein schwammiges Maul zu einem Grinsen und forderte sie mit einer Verbeugung auf einzutreten, vielmehr, hineinzuschwimmen!

»Leb wohl, geliebtes Titiwu – ich seh dich nie mehr wieder«, seufzte Wutz, als Professor Tibatong dieser Einladung folgte.

Wir lernen eine ganz besondere Stadt kennen

Jetzt, als sie wie schwerelos durch die dunkle Öffnung schwebten und in den offenen Raum eindrangen, klärte sich das Geheimnis, warum es unter dem Korallengebirge nicht tiefschwarz war.

Sie kamen in eine märchenhaft leuchtende Stadt! Überall schimmerte es grünlich, bläulich, silbern oder golden. Die Wände der Gebäude leuchteten. Auf Balken, Masten, Vorbauten – überall saßen glimmende Tiere wie kleine Lampen. Es war, als hätten die Homo-Saurier zu Ehren ihrer Gäste eine Festbeleuchtung eingeschaltet. An den Straßenrändern »blühten« Leuchtpflanzen, alle leuchtenden Tiere, die hier Dienst taten, schienen zusammengekommen zu sein.

Da glänzte, flimmerte und blitzte es. In einer Sommernacht auf einer Waldwiese voller Glühwürmchen kann es nicht bezaubernder sein. Laternen tragende Fische begleiteten den Zug des Professors, die algenbewachsenen Wände phosphoreszierten bleich …

»Ich glaube, die Homo-Saurier züchten Leuchtbakterien und halten sich Fische und Seesterne wie Lampen – hoffentlich vergesse ich nichts von alledem!«

Außer dem Torhüter sahen sie keine Seeungeheuer oder – wie der Professor neuerdings sagte – Homo-Saurier. Sie hörten sie nur in ihren Häusern schmatzen und seltsame Gurgellaute ausstoßen. Die Wesen schienen sehr erregt zu sein. Einmal kollerte ein neugieriges Kind aus einer Türöffnung. Es sah sogar recht niedlich aus – fand Wutz, mütterlich bewegt –, richtig drollig, mit großen Augen und abstehenden Ohren. Aber ehe sie das sagen konnte, fuhr ein langer Arm aus dem Gebäude, packte das Geschöpf am Nacken und zog es ins Haus.

Alle Häuser waren untergegangene Schiffe! Sie standen in langen Reihen nebeneinander, Kiel an Kiel. Auf manchen Rümpfen waren noch Namen zu lesen, sie dienten vielleicht als Hausnummern. Da standen »Santa Maria«,

»Kreuz des Südens«, »Westwind«, »Stern der Meere« und viele andere klangvolle Bezeichnungen. Es waren Schiffe der verschiedensten Bauart und aus vielen Epochen: Korvetten, Galeeren, kleinere Ruderboote – sie lagen neben den großen Schiffen wie Hundehütten –, Wikingerschiffe, Karavellen, Ein- und Zweidecker, Zwei-, Drei- und sogar Fünfmaster.

Beim Anblick der vielen Schiffe wurde dem Professor klar, warum das Korallengebirge außen eine so seltsam gezackte Form hatte. Sie richtete sich nach Art und Größe der Schiffe und in den Felsnadeln standen die Masten wie in einer Hülse!

»Aber rätselhaft ist mir trotzdem, warum dies alles nicht unter den Korallen erstickt und von Algen überwuchert ist«, murmelte der Professor.

Seine Frage wurde rasch beantwortet. Als sie der Torwächter um eine Straßenecke führte, kam ihnen ein Trupp schmatzender Geschöpfe entgegen. Diese fuhren mit den Mäulern auf dem Boden entlang und leckten die Hauswände ab. Sie schlangen alles in sich hinein, was sich da festgesetzt hatte, Wasserpflanzen und Muscheln. Sie schlürften, schabten und schluckten …

»Professor, öfföff, sind das die Straßenkehrer?«, quiekte Wutz voller Interesse.

»Ja, es scheint die Straßenreinigung zu sein.«

»Sehr praktisch, sie ernähren sich beim Putzen!« Die Seeungeheuer begannen Wutz immer sympathischer zu werden, denn niedliche kleine Kinder, leuchtende Häuser und eine wohlorganisierte Straßenreinigung – das alles war doch recht vertrauenerweckend!

Und dennoch – der Professor konnte sich kaum der geisterhaft schrecklichen Bilder erwehren, die in seiner Fantasie aufstiegen. Er sah verzweifelte Schiffbrüchige, deren Fahrzeuge in die Tiefe gerissen wurden; Männer auf schäumenden Wogen in winzigen Booten, die um ihr Leben kämpften, angeklammert an treibende Planken, gepeinigt vom Anblick der grauenerregenden Tiere.

Gewiss, das alles war lange her. Die Schiffe, die hier auf dem Grund des Meeres ruhten, stammten alle aus vergangenen Jahrhunderten, kein modernes war dabei.

Aber war es deshalb weniger schrecklich?

Zu ändern war es jedenfalls nicht mehr.

Da die Straßen – abgesehen von dem Reinigungstrupp – wie ausgestorben waren und sich nur hinter manchen Fenstern neugierige Bewohner die Nasen platt drückten, kamen sie rasch voran.

Ihr Führer geleitete sie auf einen großen Platz, das Zentrum der Stadt, in dessen Mitte sich ein besonders mächtiger und dunkler Schiffskörper erhob, vielleicht ein englisches Linienschiff, wie es Lord Nelson in den Kampf geführt haben mochte. Sicher war es drei Stockwerke hoch. Es war mit Kanonen bestückt und hatte riesige Masten. In der Mitte des Rumpfes befand sich die Türöffnung. Schwierigkeiten, zu ihr hinaufzugelangen, gab es ja im Wasser nicht. Ihr Führer deutete nach oben. Hier sollten sie hineinschwimmen? Ping Pinguin zögerte einen Augenblick. Er schaute sich nach dem Professor um, dieser nickte …

Sie strebten empor. Tim packte sein Messer mit der Hand. Jetzt musste sich alles entscheiden. Gewiss kamen sie in das Schloss des Königs oder zum Stadtoberhaupt.

Ihr Führer verließ sie. Er schwang sich auf das Deck, wo er den Klöppel einer Bronzeglocke wild rüttelte. Der Klang verbreitete sich gedämpft. Als ob sie nur auf dieses Zeichen gewartet hätten, stießen nun die Homo-Saurier ringsum die Türen und Fensteröffnungen auf. Überall quollen sie heraus, ein Gewirr von Leibern, Hälsen, Köpfen und Schwänzen. Das Wasser schien zu kochen, es war, als ob ein wilder Sturm toste.

Unsere Freunde wurden mit Gewalt durch die Tür gedrängt. Und gleich fiel die Klappe hinter ihnen zu.

Die Menge blieb draußen, wo sie erregte Pfiffe ausstieß.

Dunkel war es im Inneren des Schiffes. Befanden sie sich nun am Ende ihres Lebensweges?

Niemand weiß, woran er ist

Nun verließ Wutz aller Mut. Finsternis umgab sie. Wo waren sie überhaupt? »Professor«, quiekte sie verängstigt, »Professor, was hat das zu bedeuten?«

»Mir wäre auch wohler, wenn ich es wüsste und wenn ich mit jemandem sprechen könnte!«

Tim Tintenklecks rief: »Wer uns zu nahe kommt, dem stoße ich mein Messer in den schwammigen Leib!«

»Das wäre töricht!«, gab der Professor zu bedenken. »Nur Vernunft kann uns helfen!«

»Weißt du aber, ob die Seeungeheuer deine Vernunft auch verstehen?«, zischte Wawa.

»Sag nicht ›Seeungeheuer‹, das könnte sie beleidigen!«

»Mir kommen sie aber gerade wieder sehr ungeheuerlich vor! Sie könnten doch wenigstens ein paar Seesterne leuchten lassen!«

»Ja, ja«, bemerkte nun auch Ping Pinguin, »in unseren Mupfeln, wo Sonne und Mond über uns hinwegziehen, ist es entpfieden gemütlicher!«

Ganz roh und herzlos schien man hier glücklicherweise wenigstens in einer Hinsicht nicht zu sein – man ließ sie nicht lange warten.

Eine Tür wurde weit geöffnet, vermutlich die eines Mannschaftsraumes. Eine Gruppe von Homo-Sauriern schwamm in militärischer Ordnung herein, begleitet von Leuchtfischen. So waren sie schattenhaft zu erkennen.

Völlig lautlos umringten sie unsere Freunde, sie sagten kein Wort. Ihre Augen aber verkündeten Unheil.

Sie drängten das Häuflein zu einer anderen Tür, die sich vor ihnen öffnete. Sie schwammen in einen Raum hinein, der aussah, als sei er früher die Kajüte eines Admirals gewesen.

Die Einrichtung war noch vollständig erhalten. Sie wäre der Schmuck eines Museums für Seefahrt gewesen. Winzige Homo-Saurier waren emsig damit beschäftigt, die Wände, die Planken des Fußbodens und die Decke von

Schlamm und Algen zu säubern, indem sie mit weichen Mäulern darüber hinwegsaugten. So ertönte ein pausenloses Schlürfen.

Die Kajüte hatte an der runden Rückwand große Glasfenster. Vor ihnen saß ein gewaltiger Homo-Saurier auf dem geschnitzten Stuhl. Seinen langen Schwanz vermochte er kaum unter dem Tisch unterzubringen, er hatte ihn kunstvoll zusammengeringelt. Sein Kopf auf dem Schlangenhals reichte fast bis zur Decke.

Alle Einzelheiten des Raumes waren deutlich zu erkennen, der Gewaltige geizte nicht mit Licht. Rechts und links neben ihm wuchsen Pflanzen auf der Tischplatte, die wie Kerzen leuchteten. Sie glichen vielarmigen Kakteen. Auch an den Wänden glühten die gleichen Leuchter. Viele kleinere Fische standen unter der Decke – es sah fast aus wie in einem Lampengeschäft. Und über der rechten Schulter des mächtigen Geschöpfes schwebte ein dicker Fisch, er wedelte ganz leicht mit seinen Flossen und behielt stets die gleiche Lage. Auf seiner Schnauze trug er einen Ball, der wie eine Glühbirne strahlte.

Die Homo-Saurier hielten sich die Leuchtfische offenbar als Haustiere.

Die Wachsoldaten, die sie hereingebracht hatten, packten nun den Professor, Tim, Wutz, Ping Pinguin und Wawa im Nacken und drückten sie nach vorn, sodass sie mit ihren Nasen den Fußboden berührten. Sie sollten wohl eine Ehrenbezeugung vor dem Gewaltigen machen: eine Seeungeheuerverbeugung!

Bis jetzt hatte noch niemand gesprochen. Nun aber winkte der Herrscher mit der Schwabbelhand. Sie durften sich wieder erheben.

Der Professor sagte: »Gut Nass, Verehrtester, oder wie Sie sich hier begrüßen! Ich hoffe sehr, dass Sie mich verstehen können, denn ich hörte, dass Sie unsere Sprache sprechen. Und ich sage Ihnen aufrichtig, dass wir uns als Ihre Freunde betrachten!«

»So, so – pitsch pfüff! Dass wir sprechen können, haben Sie auch schon gehört? Püüh! Sehr, pitsch, schlecht für euch! Eure Sprache, pfüff ...« »Wunderbar!«, rief der Professor,

obwohl die mit vielen Pfüh- und Zischlauten untermischten, quatschenden Geräusche nur sehr schwer verständlich waren. Das Maul des Homo-Sauriers war sehr breit und weich, die Muskeln waren nicht kräftig genug, um die Lippen überall gleichmäßig zu schließen. So quatschte es mal hier, mal dort – ganz nebenbei und unkontrolliert. Trotzdem wiederholte der Professor: »Wie wunderbar!«

»Nun, pitsch, aber das ändert gar nichts daran, püh, dass ihr sterben müsst, pitsch püh – leider, leider!«

»Aber warum, großmächtiger Pitscher?«, wollte Habakuk Tibatong wissen.

»Nun, püh, du musst wissen, pfiff, dass wir an sich sehr friedliebende, freundliche und, püh, gutherzige Wesen sind!«

»Ach, wie schön, öfföff!«, quiekte Wutz.

»Nein, das ist eine sehr schädliche Eigenschaft, pfiff püh, denn sie macht uns fast unfähig, pitsch, uns zu schützen. So, püh, großartig wir aussehen – pfüh, unser Gemüt ist so weich wie unsere tranige Haut, wir, püh, haben keinen Panzer wie die Schildkröte, unsere Verwandte, pitsch püh!«

»Ihr seid eine hoch entwickelte Saurierart, nicht wahr?«, fragte der Professor.

»So pfiff nennt ihr es! Pitsch! Vor Millipfiffionen von Jahren zogen unsere, püh, Vorfahren aufs Land. Damals gab es euch Menschen noch nicht, püh, und wir breiteten uns rasch aus, pitsch. Aber vor der großen Kälte und dem Eis, pfüff, zogen wir uns wieder ins Wasser zurück. Wären wir an Land geblieben, pfüh, die Menschen hätten uns längst ausgerottet. Aber ins Meer, pfüh, vermochten sie uns bisher noch nicht, pitsch, zu folgen. Bisher! Das ist nun anders geworden, pitsch püh, und teilweise, pitsch püh, auch durch deine Schuld!«

»Ich beginne zu verstehen!«, murmelte der Professor.

»Ich verstehe gar nichts! Ich will hier raus und ich will wissen, wie es dem Urmel geht, öff!«

Der Homo-Saurier machte einen Schwanenhals, um den Kopf auf den Tisch hinunterzubeugen. Auf diese Weise konnte er sich im Nacken kratzen. Das tat er ausgiebig. Irgendetwas brachte ihn in Verlegenheit.

Wenn sie nur gewusst hätten, was?

Es wird keine gute Meinung von den Menschen vertreten

Endlich fuhr der Herr am Tisch mit seiner Pitsch-püh-pfüff-Rede fort, von der ihr Leben abhing. Er hörte auf, sich den Hinterkopf zu schaben, und reckte das Haupt erneut zu imposanter Höhe auf. Schöner wurde er freilich dadurch nicht – im Gegenteil. Zuvor hatte er sogar etwas Rührendes gehabt.

»Ja, also, pitsch püh, wie ich schon sagte, ihr werdet das Licht der Sonne nicht, pfüh, lebend wieder sehen. Ihr werdet, pitsch, hingerichtet. Und das habt ihr, pfüh, der Krabbe und, pitsch, eurer Neugierde zu verdanken, pitsch püh! Jawohl, so ist es! Denn jetzt sind wir, pitsch, unseres Daseins nicht mehr sicher. Wir haben hier nämlich ganz gut und vor allem, pfüh, vollkommen ungestört gelebt! Unsere Ur-pitsch-ur-pitsch-Ahnen entdeckten in grauer Vorzeit einmal hier ein Schiff. Ein untergegangenes, püh, Schiff. Darin wohnte eine Krabbe, pitsch-pitsch. Diese gefiel uns gar nicht! Aber das Schiff passte uns, püh! Die Krabbe, pfiff, vertrieben wir, das Schiff, püh, bezogen wir, pfüh, vielmehr unsere Ur-pfüff-urahnen. Wir hätten die Krabbe töten sollen, pfüh, aber sie entwischte uns, pitsch, und dann tat sie uns auch leid!«

»Sie ist sehr nett!«, sagte der Professor. »Ich habe mit ihr gesprochen!«

»Ich weiß, ich weiß, pitsch! Sie hat dir unser Versteck, pfüh, verraten! Da siehst du mal, pitsch, wie recht ich habe!«

»Kann er sich nicht ein bisschen beeilen, öff?«, fragte Wutz. Sie wurde immer ungeduldiger.

»Ich möchte nicht, pfiff, dass ihr uns für ungerecht haltet, pfüff, deshalb erkläre ich euch alles so genau!«, bemerkte der oberste Homo-Saurier ungnädig. »Es macht uns nämlich keine Freude, pitsch, euch abzumurksen, püh!«

»Warum durfte die Krabbe nicht in ihrem Elternhaus bleiben?«, wollte der Professor wissen.

»Elternhaus? Pfifferlapfiff! Wir mochten sie nicht. Sie hat einen harten Panzer und sehr scharfe, pitsch, Scheren, und wir haben nur eine, pfüh, schwabbelweiche Haut. Das passt nicht zusammen!«

»Irgendwie hat er recht, Professor, öfföff! Aber ich möchte trotzdem lebendig wieder an die Luft!«, quiekte Wutz.

Dem Professor fiel mit Bangen ein, dass die Tauchtabletten nicht unbeschränkt wirksam waren. Was konnte er tun?

Der oberste Homo-Saurier sagte noch einmal: »Dumme Frage, pfiff, warum die Krabbe nicht in ihrem Haus bleiben konnte! Leider entwischte sie unseren Urahnen, und wir, pfiff, ließen sie, pitsch, in Ruhe. Aber wir hatten immer, pfüh, unsere Bedenken, weil sie wusste, wo wir wohnen!«

»Sie hat Angst vor euch!«

»Bisher war sie uns in unserer, pfüh, Güte gleichgültig. Eines Tages erfuhren wir durch die Fische, pitsch pfüh, von euch, Professor, und da wussten wir, dass uns, pitsch pfiff, Gefahr drohte. Noch immer zögerten wir, pfiff, jedoch waren wir sicher, dass euch die Krabbe eines, pitsch, Tages unser Geheimnis verraten würde, pfüh! Und wir haben uns ja auch nicht getäuscht!«

»Aber wir wollen euch doch nicht schaden!«

»Trau keinem, pitsch, Menschen, sie rotten alles aus! So heißt, pfiff, unser erstes Gebot!«

»Ich schwöre, dass wir nichts dergleichen wollen!«, rief der Professor.

Wieder beugte der Pitscher am Tisch den Kopf und kratzte sich im Nacken. »Ich glaube dir, pfüh, sogar. Das macht es gewissermaßen noch schlimmer! Ja, ja, wir sind sehr, pfüh, friedlich! Auch unsere Vorfahren, die diese Schiffe ins Meer hinabzogen, haben, pfüh, nie absichtlich einen Menschen, pitsch püh, getötet. Nur die allerersten, so erzählt man, pitsch, von denen wir eure, pfüh, Sprache gelernt haben, wurden – pfüh – hm – pitsch – beseitigt. Sie sind sozusagen versehentlich, pfiff, ertrunken, damit sie uns nicht, pfiff, verraten konnten!«

Der Professor grübelte. Ihm war gar nicht wohl, denn von ihrem Standpunkt aus hatten die Homo-Saurier ja recht! Immer wieder rotteten die Menschen ganze Tierarten aus. Und immer wieder waren sie auf der Suche nach Seeungeheuern aller Art, in den Tiefen des Meeres oder im Loch Ness. Sollten sie jemals eins finden, dann wäre es bestimmt um dieses geschehen!

Als habe er des Professors Gedanken erraten, sagte der Homo-Saurier: »Sicher hast du gesehen, dass wir sehr ähnlich aussehen wie, pitsch, Schildkröten! Nun, pfiff, aus Schildkröten macht ihr Menschen Suppe – pitsch pfüh pfiff!« Er schüttelte sich vor Entsetzen. »Wir haben aus sicherer Quelle erfahren, pfiff, dass neuerdings die größten Schildkröten der Welt, pitsch, in Reservaten gezüchtet werden sollen wie, pfüh, Schweine!«

»Unerhört«, quiekte Wutz.

»Sehr, pfiff, richtig! Und anschließend will man sie schlachten und in Konservendosen, pfiff, füllen! Vor diesem schrecklichen Schicksal muss ich, pitsch, unser Volk bewahren. Es ist, pitsch, dank dieses wunderbaren Versteckes sowieso das einzige seiner Art, pfüh, das sich der Vernichtung entziehen, pitsch, konnte!«

»Ja, ja«, murmelte der Professor, »ich habe davon gehört! Die Riesenschildkröten sollen Hormonspritzen bekommen, damit sie jährlich nicht nur fünfhundert, sondern tausend Eier legen!«

Die bloße Erwähnung dieses Vorhabens einer großen Lebensmittelfabrik ekelte den Homo-Saurier so, dass er am ganzen Körper zitterte. Und seine Leibwache zitterte mit ihm. Das Schiff bebte.

»Trotzdem ...«, sagte der Professor, der es immer bedenklicher fand, wie die Zeit verging. Noch wirkten die Tauchtabletten, noch hatte keiner von ihnen Beschwerden. Aber wie lange noch? »Trotzdem«, sagte er also, »wenn ihr die Krabbe nur verfolgt habt, damit sie uns euer Versteck nicht verrät, so dürft ihr ganz beruhigt sein. Über unsere Lippen kommt kein Sterbenswörtchen!«

»Das hast du schon einmal versichert!«

»Aber ich kann es auch beweisen!«

»Pfifferlapfiff! Irgendwann versprecht ihr euch doch, und sei es nur aus Versehen! Ihr Menschen seid ja, pfüh, viel zu eitel, als dass ihr, pitsch, ein Geheimnis, pitsch, bewahren könntet, das euch berühmt machen würde! Püh! Wer sucht nicht schon alles nach uns ›Seeungeheuern‹, wie ihr uns, pitsch, unverschämterweise nennt! – Aber trotzdem, pfüff, du bringst mich in Verlegenheit! Ich weiß nämlich nicht, pitsch, wie wir euch hinrichten, pfüff, sollen! Wir haben gar keine, püh, Erfahrung darin! Ich hatte gehofft, wir brauchten euch, püh, nur zu ertränken! Aber nun, pitsch, könnt ihr unter Wasser leben! Pitsch pfüff! Was soll ich machen, püh? Vielleicht kannst du mir, pfiff, einen Rat geben? Ihr Menschen seid doch so einfallsreiche Mörder, pitsch! Sehr intelligente, pfüh, Verbrecher, pfüff! Wir haben bisher noch keine Menschen und Schweine kennengelernt, die im Wasser, pfüff, existieren konnten! Dass ihr es nun könnt, pfiff, versetzt uns in größte, püh,

Angst! Jetzt seid ihr, pitsch, noch gefährlicher für uns. Und deshalb müssen wir uns, pfüff, etwas einfallen lassen, um euch, püh, schmerzlos zu beseitigen!«

»Hast du noch Tabletten, Professor?«, fragte Wutz besorgt.

»Nein«, antwortete er leise, »ich habe sie auf dem Floß vergessen!«

»Hilfe!«, quiekte Wutz entsetzt, nahe daran, in Ohnmacht zu fallen.

»Ist ihr nicht, pitsch, gut?«, erkundigte sich der Ober-Homo-Saurier voll Interesse. »Verträgt sie das Dasein in der Tiefe vielleicht doch nicht so, pfüh, gut?« Ein Hoffnungsschimmer glomm in seinen Augen.

Es gibt ein Seebeben,
dessen Ursache einzigartig ist

Der Professor entschloss sich, die Wahrheit zu sagen. Vielleicht konnte sie das retten?

»Du musst wissen, dass wir nur so lange unter Wasser leben können, wie die von mir entwickelten Tabletten wirken. Und das ist nicht sehr lange!«

»Also brauchen wir euch, pitsch, nur lange genug, püff, einzusperren, und, pitsch, ihr ersauft von ganz allein.«

»So ist es!«

»Herrlich, pitsch, herrlich, dann ist ja jedes Problem gelöst! Ich lasse euch, pitsch, in eine gemütliche Kajüte bringen, in eine sehr bequeme Kajüte, schön einge-pitsch-richtet und mit netten, pfüh, Gesellschaftsspielen, pitsch, die euch die Zeit angenehm, püh, vertreiben werden! Pfiffpfiffpüh! Und da vergessen wir euch einfach! Ausge-pfiff-zeichnet! Irgendwann einmal seid ihr dann ganz von allein, pitsch, tot! Prächtig, prächtig! Pfiff!«

Erfreut rieb sich der Ober-Homo-Saurier die Hände.

Wutz sagte weinend: »Aber vorher will ich das Urmel noch einmal sehen!«

»Ach, meinst du dieses, pfiff, freche Riesenseepferdchen?«

»Es ist ein Urmel!«, sagte der Professor stolz. »Es stammt wie ihr aus der Urzeit und wir halten es schon lange vor der Welt verborgen!«

»Ach, pitsch, wirklich? Kein pfüh Riesenseepferdchen? Nun, pfiff pitsch, es soll hereingebracht werden!« Er winkte mit der Hand, zwei Leibwächter entfernten sich, indem sie ihre mächtigen Körper mit den langen Hälsen und Schwänzen elegant hinausschlängelten.

»Gottlob, es scheint noch zu leben«, seufzte Wutz, »mir ist gleich viel wohler!«

Der Professor wandte sich an das Geschöpf am Tisch: »Lieber Freund! Am Dasein des Urmels erkennst du, dass wir sehr wohl in der Lage sind, ein Geheimnis zu bewahren und eine vom Untergang bedrohte Tierart vor den Nachstellungen der Menschen zu retten!«

»So, so, pitsch püh!«, antwortete der Ober-Homo-Saurier. Er kratzte sich wieder im Nacken, dann unter dem Kinn, und schließlich rollte er den Schwanz unter dem Tisch auf und andersherum wieder zusammen, so wie ein Mensch manchmal die übereinandergeschlagenen Beine wechselt.

Das Urmel wurde hereingebracht. Es bewegte sich frei und rief unbekümmert: »Ach, da seid ihr ja endlich! Ich dachte schon, ihr würdet mich wieder im Stich lassen wie damals auf dem Mond, obwohl es hier viel, viel schöner ist!«

»Was sagst du datschu?«, zischte Wawa Ping Pinguin zu.

»Was soll ich dazu sagen? So ist es nun einmal«, antwortete sein Muschelnachbar.

Der Ober-Homo-Saurier sah das Urmel anscheinend zum ersten Mal. Er machte runde, große Augen, stand auf – wenn man das so nennen kann –, umkreiste und umschlängelte es und fragte dann seine Wache: »Warum habt ihr, pfiff, gesagt, dass es, pfüh, ein Riesenseepferdchen ist? Es sieht wahrhaftig, püh, ganz anders aus, pitsch – ja, wie nur?«

»Es ist ein entfernter Verwandter von dir!«, erklärte ihm der Professor. »Es gehört auch zur Familie der Saurier.«

»Ach, pitsch, wirklich? – Sehr interessant!«

»O ja!«, rief das Urmel. »Ich habe euch gleich gemocht. Und hier ist es ja auch ganz fabelhaft!« Es wandte sich an den Professor und Wutz: »Denkt euch nur, ich durfte in einem Tang- und Algengarten Unkraut jäten.«

»Es ist, pitsch pfüff, unser Park!«, sagte der Obersaurier. »Wir, pfiff, haben einen sehr wunderbaren, pfiff, Gärtner. Er ist ein, püh, Künstler, er züchtet See-Anemonen, Purpurschwämme, bezaubernde weiße Schraubensabellen, pfüh, Geweihschwämme und herrliche Goldrosen. Ich habe auch welche im Blumentopf, pfüff, in meinem, pitsch, Schlafzimmer! Oder Zylinderseerosen, die, pitsch, über hundert im Kreis stehende Fangarme haben!«

»Dieser Blumengarten muss sehr schön sein. Ich möchte ihn gern sehen!«, sagte der Professor.

»Ich werde ihn dir zeigen!«, antwortete der Obersaurier stolz. »Ach so – das geht ja nicht! Aber ich werde dir wenigstens einige besonders schöne Sabellen, pfüh, in die Kajüte stellen lassen, als Henkersanblick, pitsch!«

Das Urmel begriff nicht, in welcher Gefahr seine Freunde schwebten. Munter schwatzte es weiter: »Und ich habe mit einem Saurierkind Kegeln gespielt …«

»Ach Gott«, murmelte der Professor, »unsere Krabbe wird ihre Murmeln wohl nie bekommen!«

»Und Wutz, denk dir nur, ein Saurier wollte mich sogar malen! Er malt nicht mit Farbe wie Tim Tintenklecks, nee, er pappt irgend so 'n buntes Schlammzeug auf glatte Steinplatten ...«

»Ganz modern!«, quiekte Wutz, die für einen Augenblick die Todesgefahr vergaß, in der sie schwebten. »Vielleicht könnte ich die Begründerin einer neuen Kunstrichtung werden: Malen mit Unterwasserschlamm! Das hat's, glaube ich, noch nicht gegeben. Ich könnte es Schlammismus nennen, was meinst du, öfföff?«

»Ich meine, dass du kaum noch Gelegenheit dazu haben wirst!«

»Warum? Ich helfe ihr!«, rief das Urmel.

»Wir werden diese schöne Stadt unter dem Korallenriff nicht lebend verlassen!«, sagte der Professor.

»Was?«, quiekte das Urmel. Und es fuhr dem Ober-Homo-Saurier mit beiden Händen an den Schlangenhals. »Was? Du bist mir ja ein feiner Onkel! Ein feiner Verwandter bist du! Eins will ich dir sagen: Wenn du meine Freunde nicht freilässt, dann werde ich dich – dann werde ich euch alle –, ja, was werde ich eigentlich? Jedenfalls wird es schrecklich sein!«

Der Ober-Homo-Saurier riss seine wässrigen Augen noch weiter auf. »Püh, pfiff, hast du wirklich Onkel zu mir gesagt? Wie, pfüff, entsetzlich! Soll ich etwa ein Verwandtenmörder, pfiff, werden? Welch ein, pfiff, Schicksal!«

»Professor«, rief Wutz, »öff, wenn ich nicht bald eine neue Tablette bekomme, ist es um mich geschehen! Du bist so zerstreut, dass du sogar deine alte Jacke vor dem Tauchen angezogen hast, öfföff. Vielleicht hast du aus lauter Zerstreutheit sogar Tauchtabletten eingesteckt, öfföff, hoffentlich in einer Blechschachtel, denn sonst haben sie sich längst aufgelöst!«

Der Professor suchte in sämtlichen Rocktaschen. Es hätte ja sein können, dass Wutz recht hatte! – Da fand er zwar keine Tablettenschachtel, aber eine kleine Flasche!

Eine kleine Flasche mit »Habakuk-Tibatong-Original-Lachbrunnen«. Einer glücklichen Eingebung folgend, entkorkte er sie, Meerwasser drang ein, kleine Luftblasen entwichen. Er schüttelte sie heftig nach allen Seiten, damit sich der Inhalt mit dem Wasser im Raum vermischte …

… und da begann der Ober-Homo-Saurier zu kichern und zu glucksen, die Leibwache kicherte und gluckste, der Professor, Urmel, Wutz, Wawa, Tim Tintenklecks und Ping Pinguin schüttelten sich vor Lachen. Der Ober-Homo-Saurier fiel rücklings auf den Tisch, wo er mit den vier Füßen zappelte, sich den Bauch zu halten versuchte und mit Schwanz und Hals um sich schlug. »Hohoho pfiff pitschpfüff hahahahapfiff hihipfiffpfiff …«, machte er hilflos. Das Licht in der Kajüte flimmerte, weil die Leuchtfische und Pflanzen vor Lachen zitterten, die Leibwächter schwebten strampelnd im Raum herum. Das Lachen pflanzte sich fort, von Kajüte zu Kajüte, von Kombüse zu Kombüse, es rollte durch die Gänge, dröhnte von Schiff zu Schiff, von Deck zu Deck, die Schiffsglocken begannen zu beben, die Masten vibrierten – es lachte die ganze Stadt, es lachten alle Homo-Saurier, vom Baby bis zur Großmutter, der Parkgärtner wälzte sich grölend in seinen schönsten Zylinderseerosenbeeten …

Und das Lachen klang durchs Tor, aus der Stadt unter dem Korallenriff, es wurde zu einem Beben, von dem die See zu schäumen begann …

Oben schwankte das Floß »Titiwu II«, es tanzte auf den Wogen des Gelächters.

Schusch und Seele-Fant war dieser Aufruhr der Elemente völlig unerklärlich.

Seele-Fant
zieht in den Kampf

Bevor sich all dies ereignet hatte, war der Schuhschnabel treu zur Insel Titiwu zurückgeflogen. Still, einsam und verlassen lag sie unter der Sonne. Unbelebt das Blockhaus: keine Wutz, die darin herumhantierte; kein Professor, der arbeitete und grübelte; die Fensterläden verschlossen; kein Rauch im Schornstein; nirgends fröhliches Geschrei oder Geplauder. – Schusch wurde wehmütig bei dem Gedanken, die Insel könne einmal für immer so leblos bleiben wie vordem, ehe der Professor, Wutz und Tim Tintenklecks hierhergekommen waren.

Sogar die beiden Muscheln am Strand glichen

leeren Hüllen von irgendwas – vielleicht Eierschalen ohne Inhalt.

Schusch wusste, dass sich der Professor nach der Krabbe erkundigen würde. Er flog daher zur Höhle und sah sie vor deren Eingang hocken. Auch sie schien betrübt und ermattet zu sein. Als sie ihn erblickte, richtete sie sich hoffnungsvoll auf. Aber Schusch kam ja allein und er konnte ihr keine Botschaft übermitteln, denn er war ihrer Zeichensprache nicht mächtig.

Hilflos stand er vor ihr, schlug mit den Flügeln, klapperte mit dem Schnabel und nickte mit dem Kopf. Die Krabbe fuchtelte mit ihren Scheren herum. Aber das war alles und es war herzlich wenig und vollkommen sinnlos.

Das arme Geschöpf, das sich aus Angst vor den Seeungeheuern so wenig wie möglich in der Höhle aufhielt und nur ganz selten und kurz in den See tauchte, begann wahrscheinlich langsam in seinem Panzer zu verdorren!

Schusch erkannte, dass er sich beeilen musste. Lebewohl konnte er der Krabbe nicht sagen. Sie fiel in teilnahmslose Starre zurück.

Als Schusch zum Felsenriff flog, saß Seele-Fant, umbraust von den Wellen, auf dem Stein und sang glücklich:

»Eun Mönnleun stöht öm Waldö
auf eunöm Beun.
Sag, wör mag das Mönnleun seun,
das da stöht öm Wald alleun …«

»Guten Tag, alter Freund!«, krächzte Schusch. »Seit wann stehst du auf einem Bein?«

»Öst dös vülleucht dör Wald?«, fragte Seele-Fant und deutete mit der Flosse auf das Meer. Dann fragte er: »Seud öhr schon wödör hör?«

»Neun«, antwortete Schusch, »öch bön alleune gökommön!«

»Wöllst du möch nachmachön?«

»Äch dachte, dass du mäch dann besser verstehst. Äch habe där nämläch zämläch väl zu erzählen.«

Er tat es.

Seele-Fant kratzte sich ausgiebig hinter der kleinen Ohröffnung, als der Vogel geendet hatte: »Öch soll also völö Kölomötör weut schwömmön, um döm Profössor gögön dö Sööungöheuör beuzustöhön? O wöh! Das öst abör völ vörlangt, und dankö sagt höntörhör doch wödör nömand! Ös sönd grässlöchö Törö!«

»Was für Törö? Meinst du Täre?«

»Neun, Törö! Wönn du möch wögön meunör Ausprachö ärgörn wöllst, bleubö öch gleuch da.«

»Verzeih!«, sagte Schusch. »Der Professor

und Wutz und Päng Pänguän können ja nächts für meine Frechheit!«

»Meun kleunör Pöng Pönguön öst ön Göfahr?« Seele-Fant wartete keine weitere Erläuterung ab, mit einem Satz, wie von einer Feder hochgeschnellt, sprang er ins Wasser.

Schusch verlor ihn zunächst aus den Augen, bis der massige Körper weit draußen im Meer wieder auftauchte. Dann flog der Vogel vor ihm her und wies ihm den Weg, seinem untrüglichen Instinkt folgend, der sich des Tags an der Sonne orientierte und des Nachts an den Sternen.

Ein seltsames Paar: der Vogel, der dicht über den Wellen dahinflog, und der See-Elefant, der unter ihm behände durch die Fluten glitt.

Als sie das Floß »Titiwu II« endlich erreichten, lag es wie ausgestorben da. Nur im Mastkorb nistete eine Seeschwalbe, die Schusch empört vertrieb. Sein Nest war nicht an jedermann zu vermieten.

Seele-Fant umkreiste das Floß und rief: »Öch söhö nömandön, söhst du jömandön?«

»Nein, äch sehe auch nämanden!«

In diesem Augenblick begann die See zu beben. Es war zunächst nur eine kleine Erschütterung, eine Vielzahl von Blasen stieg auf. Nur wenige Sekunden, dann schien unter ihnen ein Vulkan auszubrechen, die Wellen schäumten meterhoch, Fontänen zischten empor …

»Titiwu II« torkelte gleich einem kleinen Stück Baumrinde im Aufruhr der Elemente und Wutz' Schlummertonne tanzte am Seil wie ein Ball.

Schusch versuchte auf den Planken Halt zu finden. Allein die Brecher überspülten alles. Er flog wieder empor in den Mastkorb. Dort aber wurde er halsbrecherisch herumgeschwenkt. Einmal berührte die Mastspitze fast eine Schaumkrone, dann stand sie wieder kerzengerade, um gleich auf der anderen Seite hinabzuschnellen. Schusch streckte den Schnabel ängstlich über den Rand seines Nestes und rief: »He, bän äch auf einem Rummelplatz oder äm Zärkus?«

»Öch kann döch nöcht vörstöhön!«, antwortete Seele-Fant, von dem zeitweise nur ein paar Schnurrbarthaare und die Nasenlöcher zu sehen waren. Er schnaufte.

»Kannst du mär erklären, woher dä Wellen kommen, wenn gar kein Wänd weht?«, kreischte der Vogel.

»Achtung!«, röhrte Seele-Fant. »Fast hättö öch dön Mast öns Kreuz bökommön! – Neun, öch weuß ös auch nöcht! Hö, Schusch, wo böst du dönn jötzt wödör? Ach, da obön, neun, da untön. Mör wörd schwöndlög, wönn öch döch noch längör hörumschwankön söhö! Dö Wöllön wördön wohl aus dör Töfö kommön. Hofföntlöch kämpfön dö Sööungöheuör nöcht möt döm Profössor wö dör Drachö möt Sögfröd. ›Jung Sögfröd war eun stolzör Knab'‹ – eun schönös Löd, öch habö ös langö nöcht möhr gösungön!«

»Könntest du nächt läber Jung Sägfräd sein und den Drachen besägen, anstatt von ähm zu sängen?«

»Du hast röcht!«, brummte Seele-Fant und sang, der stürmischen See zum Trotz, noch ein herzliches »Böhöt döch Gott, ös wör so schön göwösön ...«, zu Schuschs Ausguck empor, nein, hinab, nein, doch empor. Dann drehte er um und tauchte ins Wasser. Seine Schwanzflossen erzeugten einen Sprühregen beim letzten Aufklatschen, dann war er verschwunden – und blieb es für lange Zeit.

Aber er dachte, kaum dass er unter Wasser war: Komösch, warum wördö öch so lustög, wönn öch ön dön Kampf zöhö?

Das Blatt wendet sich

Warum Seele-Fant so fröhlich wurde? Wir wissen es. Weil er einen mikroskopisch kleinen Teil Lachbrunnen schluckte. Freilich war dessen Wirkung auf Seele-Fant nicht allzu stark, denn die geringe, wenn auch hoch konzentrierte Menge wurde vom unendlichen Ozean aufgesogen. Dennoch sollen damals sogar die jungen Eisbären im fernen Alaska beim Baden noch fröhlicher als sonst geplanscht haben. Und die Zitterrochen zitterten noch wochenlang.

Da das Wasser sein vertrautes Element war und da ihm die Fische den Weg wiesen – auch sie wie erschöpft von einem Rausch der Fröhlichkeit –, fand Seele-Fant den Eingang zur Stadt unter dem Korallenriff rasch.

Ungehindert durchschwamm er die Straßen zwischen den Schiffen. Auf Decks, Aufbauten und in geöffneten Fenstern lagen halb betäubte Seeungeheuer, teils auf dem Rücken, teils auf dem Bauch. Sie grinsten ihn an und glucksten.

Komöschös Volk, dachte Seele-Fant, selbst belustigt. Albörn, söhr albörn!

Er fragte sich zum Professor durch. Hausfrauen und Kinder wiesen ihm bereitwillig den Weg zum Rathaus. Niemand machte den Versuch, ihn aufzuhalten.

Solltön meunö Freunde ötwa schon tot seun, dachte er, dann wördö öch eun schröcklöchös Blutbad untör dön Sööungöheuörn anröchtön!

So schwamm er durch die offene Rathaustür und kam in die Kajüte des Admirals, wo der Ober-Homo-Saurier noch immer mit dem Bauch nach oben auf dem Tisch lag, während die mit dem Seil verbundenen Freunde sich so sehr ineinander verheddert hatten, dass sie einem einzigen Knäuel glichen.

Ha, dachte Seele-Fant, sö sönd göfössölt, abör sö löbön noch! Nun wördö öch eunmal zeugön, was eun röchtögör Söö-Ölöfant öst. Noch völö zukünftögö Göschlöchtör wördön meunö Höldöntatön bösöngön!

Er stürzte sich ohne Besinnen auf den Ober-Homo-Saurier.

»Hilfe, pitsch!«, japste dieser.

»Lass meunö Freunde freu!«, grollte Seele-Fant. Er öffnete sein Maul und zeigte die furchterregend scharfen Zähne.

»Hilfe, pfiff!«, seufzte sein Opfer. Der Ober-Homo-Saurier hatte so einen besonders empfindlichen Bauch, eine butterweiche, tranige Haut!

Der Professor, hilflos verwickelt, konnte mit Mühe seinen Kopf ein wenig aus dem Knäuel recken, der aus ihm, Wutz, Wawa, Tim und Ping Pinguin bestand. »Halt, Seele-Fant!«, rief er. »Wir sind ja Freunde!«

»Wö böttö?«, fragte Seele-Fant. »Öch stürzö möch für euch ön dön Kampf wö Jung Sögfröd und öhr braucht möch gar nöcht? Das öst abör wödör eunmal schröcklöch traurög!«

»O ja, pitsch pfiff«, sagte der Ober-Homo-Saurier rasch, während er kein Auge von Seele-Fants Rachen ließ, »wir sind wirklich die besten Freunde, ja, nicht nur das, wir sind sogar Verwandte!«

»Wöso dönn das?«, Seele-Fant zog sich vom Ober-Homo-Saurier zurück. Glücklich richtete sich dieser auf.

Aber Wutz wurde es plötzlich sehr übel. »Mein Herz –«

»Rasch, zerschneide das Tau!«, bat der Professor Tim. Und zum Ober-Homo-Saurier sagte er: »Wir müssen sofort an die frische Luft!«

»So geht!«, antwortete dieser. »Weil ihr uns das Lachen geschenkt habt, was, pfiff, bisher euch Menschen allein vorbehalten war. Wir, püh, sprechen uns oben wieder!«

Wutz fiel in Ohnmacht. Auch Tim Tintenklecks wurde es mulmig. Da pfiff der Ober-Homo-Saurier auf seine unnachahmliche Art und die Leibwächter übernahmen die Aufgaben von Krankenpflegern. Sie flitzten in den Geräteraum, aus dem sie Tragbahren holten. Sie betteten Wutz darauf, die nur noch matt grunzte, aber auch Tim Tintenklecks, Ping Pinguin, Wawa und den Professor.

Ping Pinguin war noch der Munterste von allen. Er rief: »Rapf, rapf!« Zum Ober-Homo-Saurier sagte er: »Wir müssen sofort an die fripfe Luft!«

»Mör wörd auch öböl«, stöhnte Seele-Fant. Er begab sich ohne Verzögerung auf den Rückweg.

Die Träger schwammen nun mit ihren Patienten durch die Straßen der Stadt, vor ihnen her sauste ein Leuchtfisch, dessen Laterne blau blinkte, und einer der Homo-Saurier pfiff sirenenartig. Es klang gefährlich.

So gefährlich, dass Wutz kurzfristig erwachte. Sie schlug die Augen auf. Da sah sie am Wegrand unter einem Algenbusch ein Homo-Saurierkind sitzen, das sich eifrig und mit

Wohlbehagen etwas Weißes, Feuchtes, Nasses ins Schwabbelmaul stopfte. Es hatte beide Backen voll und die Fetzen hingen rechts und links aus seinen Mundwinkeln.

»Oh«, seufzte Wutz. »Das war mein Krimi! Professor, rette mein Stück!«

Sie sank wieder auf die Bahre.

Der Professor konnte nichts mehr für sie tun, denn er war selber sehr schwach. Und das Tierchen hatte sich die köstlichen Blätter, die ihm wie Eierkuchen schmeckten, ganz schnell in den Rachen gestopft. Dann paddelte es davon.

»Kommissar Wutz« hatte einen Weg zu den Ungeheuern genommen, den eine Schöpferin nicht vorausgesehen hatte.

»Hoffentlich geht jetzt nicht in seinem Bauch eine Pistole los! Puff! Paff!«, sagte das Urmel. »Es war doch ein sehr aufregendes Stück. Also, ich würde bestimmt Bauchweh davon bekommen!«

Der Krankenzug war schon um die Ecke gebogen. Das Sirenengeheul wurde immer leiser. Da patschte das Urmel in die Hände, drehte sich um und schwamm hinter dem Saurierkind her.

Die anderen gelangten rasch an die Wasseroberfläche. Die Homo-Saurier betteten sie auf die Planken des Floßes, das nun wieder unbewegt auf der stillen See ruhte.

Schusch reckte sich im Mastkorb erschrocken auf. Er äugte mit schief gelegtem Kopf hinab. »Oje«, rief er, »sänd sä nur krank oder schon tot?«

»Öch habö sö göröttöt!«, röhrte Seele-Fant sehr vergnügt. »Abör sö müssön söch örst örholön!«

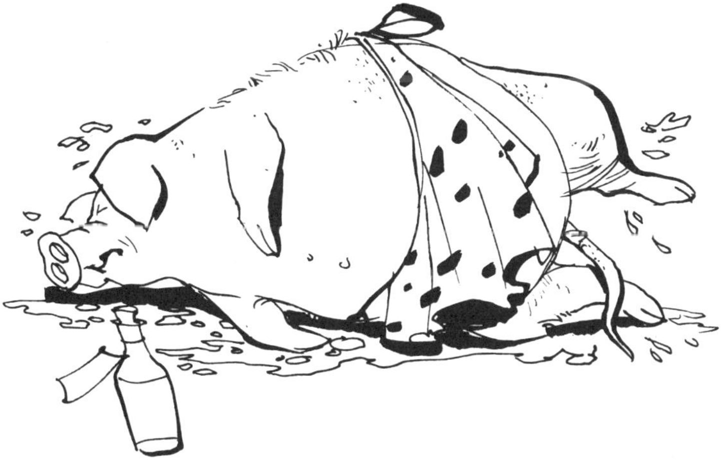

Eine unvollständige Besatzung wird heimgeleitet

Sie erholten sich schnell. Allen voran der Professor, der die anderen und die sehr erschöpfte Wutz mit herzstärkenden Tropfen versorgte.

Als Wutz wieder aufstehen konnte, begab sie sich in ihre Schlummertonne hinüber, um sich gründlich auszuschlafen. Sie hatte nicht einmal Appetit auf Rosenkohl aus dem Einmachglas, so übel war ihr. Sie schloss den Vorhang und alsbald hörte man sie schnarchen.

Von Bord seines Floßes aus unterhielt sich der Professor lange mit dem Ober-Homo-Saurier. Die Leibwächter waren mit den Tragbahren in die Stadt unter dem Korallenriff zurückgekehrt.

Und ihr Herr, ihr Fürst oder Bürgermeister – oder was immer er nun sein mochte –, wagte es erst, seinen Kopf über Wasser zu halten, als er sicher war, dass kein Dampfer oder sonst ein Fahrzeug zu sehen war, das auf die Nähe von Menschen schließen ließ.

Er stützte seine Arme auf den Floßrand, und damit der Professor bequem zu ihm sprechen konnte, krümmte er seinen gelenkigen Hals in schönem Bogen zu ihm hinab. In ganzer Länge reichte sein Kopf bis zum Mastkorb von Schusch hinauf. Er bot wirklich einen Anblick, der so manchen Seemann vergangener Zeiten das Gruseln gelehrt hätte!

»Ja, du verstehst wohl«, sagte er zum Professor, »dass wir die Krabbe, pitsch püh, nicht wieder bei uns leben lassen können, pfiff. Sie würde es wohl auch gar nicht, pfüh, wollen! Und obwohl sie, pfiff, wie du sagst, ein freundliches, pfüh, liebes Wesen, pfiff, ist, würden wir uns, püh, doch immer vor ihren Scheren fürchten.«

»Das sehe ich ein!«, antwortete Habakuk Tibatong. Er hatte inzwischen seine nasse Jacke mit dem trockenen Morgenmantel vertauscht und die bequemen Pantoffeln angezogen. »Ich verstehe das! Andererseits ist es aber unmöglich, ihr Elternhaus aus der Stadt unter dem Korallenriff herauszuholen und vor der Insel

Titiwu auf dem Meeresboden zu verankern! Sie tut mir leid!«

Der Ober-Homo-Saurier versprach dafür bei seiner Ehre und bei seinem guten Herzen feierlich, die Krabbe fortan unbehelligt in der Höhle leben zu lassen. Freilich, der Professor musste seinerseits noch einmal den Schwur erneuern, das Geheimnis der Homo-Saurier bis an sein Lebensende unverbrüchlich zu bewahren – ein Versprechen, das im Hinblick auf Direktor Doktor Zwengelmann fast ein übermenschliches Opfer für ihn bedeutete.

Während sie miteinander plauderten und immer vertrauter wurden, ließ der Ober-Homo-Saurier seine wässrigen Augen umherschweifen – über das Floß »Titiwu II« mit seinen vielen lustigen Aufbauten, den kleinen Höhlen für Ping Pinguin und Wawa, der Hängematte des Urmels, dem Sonnensegel und des Professors Holzhütte. Dabei wurde sein Ausdruck immer verklärter. Er umschwamm das Floß mehrmals, betrachtete es von allen Seiten, reckte auch seinen Kopf zu ganzer Höhe auf, schnupperte in den Mastkorb von Schusch, der erschrocken aufstob, und kehrte zum Professor zurück. »Braucht ihr es, pitsch, noch?«, fragte er. Aus seinem linken Maulwinkel rann ein kleiner silberner Faden herab – wie bei einem hungrigen Hund, der den Fressnapf sieht.

»Was?«, fragte der Professor ahnungsvoll.

»Dieses, pitsch, ulkige Floß oder wie ihr, pfiff, es nennt?«

Der Professor dachte daran, wie viel Arbeit sie sich damit gemacht hatten, besonders Tim Tintenklecks, und dass es ihnen nützlich gewesen war. Sogar das Lach-Seebeben hatte ihm nichts geschadet. Er sah Tim Tintenklecks fragend an.

Aber Tim, der wohl wusste, dass der Professor sowieso schwer Nein sagen konnte und in diesem Fall schon gar nicht, Tim also sagte: »Ach wo, ich baue lieber ein neues, dies hier war ja nur eine stümperhafte Anfängerarbeit!«

»Sehr, pitsch, schön!«, jubelte der Ober-Homo-Saurier. »Es ist nämlich so ganz, pfüh, ganz anders als unsere Schiffe. Keine, pitsch, Galeere, keine Galeone sieht ihm ähnlich, pfiff, es ist, pitsch, einzigartig! Wir könnten es, pitsch, vor dem Rathaus aufstellen und, pfüh, als Kinderspielplatz verwenden, für, pitsch, unsere lieben Kleinen!«

Irgendwie mussten seine lauten Worte und Pfiffe Wutz im Schlaf aufgestört haben, denn sie öffnete den Vorhang, steckte die Nase heraus und rief: »Aber meine Schlummertonne bekommt ihr nicht, öff!«

»Schade«, seufzte der Ober-Homo-Saurier, »schade, pitsch, sie wäre, püh, eine so schöne, pfiff, Wiege für mein, pitsch, nächstes Baby, pfiff, gewesen!«

Wutz schnarchte weiter. Sie wusste, sie hatte gesiegt! – Die Wellen wiegten sie sanft.

Bald darauf ließ Habakuk Tibatong die Segel setzen. Sie stiegen leuchtend an den Masten empor. Der Wind blähte sie, und »Titiwu II« nahm Kurs auf die Insel Titiwu.

Der Ober-Homo-Saurier und seine ganze Leibwache begleiteten es. Tagsüber schwammen sie meist unter Wasser, aus Furcht, gesehen zu werden. Schusch umkreiste in großer Höhe das Floß, sodass er den Ozean weithin überblicken konnte. Und nur wenn er meldete, dass sich das Meer in unendlicher Einsamkeit vor ihm ausdehnte, kein Dampfer, kein Frachtschiff oder Tanker zu sehen waren, wagten die Homo-Saurier ihre Köpfe ein wenig zu erheben. Dann sagte der Ober-Homo-Saurier wohl auch einmal, dass es, pitsch, eigentlich auch, püh, ganz nett sei, pfiff, sich nun mit einem, püh, Menschen unterhalten zu können und nicht, pitsch, immer nur mit seinen, pfiff, Artgenossen. Denn man erfahre, pfiff, auf diese Weise doch, püh, manches Neue!

Der Professor bestätigte dies gern.

Er selber, wie wir wissen, legte übrigens auch keinen Wert darauf, mit seiner Liliput-Arche-Noah entdeckt zu werden. Ganz im Gegenteil.

Wenn Schusch wirklich einmal einen Dampfer in der Ferne meldete, dann lenkte der Professor »Titiwu II« sehr geschickt durch die Täler der weiten Wellen, sodass die Dünung sie vollkommen verbarg.

Des Nachts allerdings, wenn alles in tintenschwarzer Finsternis lag, aber auch wenn der Mond schien, dann tauchten die langen Hälse der Homo-Saurier aus dem Meer auf. Dann umstanden sie das Floß wie ein Wall von Masten und das Wasser brach sich vor ihren Leibern mit breiten Bugwellen.

Es war ein imposanter Anblick! In ihren wässrigen Augen spiegelte sich das Mondlicht besonders hell wider und manchmal neigten sie den Kopf, um ein wenig Wasser zu schlürfen.

Legte sich der Wind einmal, gerieten sie in eine Flaute, dann nahmen die Homo-Saurier das Floß wohl auch auf ihre breiten Rücken und trugen es rasch voran.

Seele-Fant wies ihnen dann den Weg.

Die Homo-Saurier übrigens konnten es nicht lassen, unentwegt fröhlich zu schmatzen oder zu pfeifen, ähnlich wie Möwen, die ja auch die Luft ständig mit ihrem Geschrei erfüllen. Und

trotzdem schlief Wutz während der ganzen Fahrt in ihrer Schlummertonne. So entkräftet war sie.

Kurz vor ihrer Heimkehr saßen Ping Pinguin, Wawa und Schusch an einer einsamen Ecke des Floßes beisammen. Es war Nacht und sie wollten eigentlich schlafen gehen. Da fragte Ping Pinguin seine Freunde: »Habt ihr gemerkt, dass das Urmel nicht bei uns ist?«

»Natürlich«, antwortete Wawa. »Mir ist es gleich aufgefallen! Nur gut, dass Wutsch schläft, sonst hätte sie schon längst tschu tschetern angefangen und wir hätten umkehren müssen wie damals auf dem Mond!«

»Glaubt ähr, dass ähm etwas passärt äst?«, fragte Schusch.

»Natürlich kann man das nie genau wissen«, meinte Ping Pinguin, »aber wahrscheinlich kegelt es wieder mit seinen Spielkameraden. Deshalb habe ich auch nichts gesagt!«

»Ach, freue äch mäch schon auf Wutz' Gesächt, wenn sä es merkt!« Schusch blinzelte vergnügt.

Dann begaben sie sich in ihre verschiedenen Schlafstellen.

Wutz entdeckt, dass das Urmel fehlt

Schon am nächsten Morgen tauchte Titiwu am Horizont auf. Mittags erreichten sie das Ufer.

Der Professor bat die Homo-Saurier um ein wenig Geduld. Zunächst musste das Gepäck von Bord gebracht werden und dann wollte er mit der Krabbe sprechen.

Die großen Geschöpfe gewährten ihm seine Bitte. Sie versammelten sich alle um Seele-Fants Riff, weil er versprochen hatte, ihnen vorzusingen. Er röhrte:

»Öm töfön Köllör sötz öch hör
beu eunöm Fass voll Röbön.«

Was zwar wieder einmal nicht den Tatsachen entsprach, aber doch ausgezeichnet zu seiner Stimme passte, denn es ist ein Lied mit sehr, sehr tiefen Tönen. Die Homo-Saurier brauchten lange, bis sie verstanden, dass der Text »Im tiefen Keller sitz ich hier bei einem Fass voll Reben« hieß. Aber dann bildeten sie einen Chor und sangen mit Seele-Fant zusammen. Es war dies einer der Höhepunkte seiner Sangesfreuden, denn natürlich gab er den Ton an. Er überhörte gnädig die vielen Pitscher, Pfiffe und Pühs, welche die Homo-Saurier in den Gesang mischten. Ja, hatten sie ihn zunächst noch gestört, fand er später, sie könnten eine nachahmenswerte musikalische Bereicherung sein.

Der Professor und Tim Tintenklecks waren vollauf damit beschäftigt, ihre Sachen vom Floß zu räumen und Wutz' Schlummertonne an den alten Platz vor dem Blockhaus zu rollen. Wir wissen, es geht da steil den Hang hinauf.

Wutz selber war noch sehr schwach auf den Beinen und benommen im Kopf. Es bereitete ihr Mühe, die Fenster im Blockhaus zu öffnen, einmal gründlich zu lüften, auszukehren und des Professors Bett frisch zu beziehen. Die Segel-Laken mussten in die Wäsche!

Der Professor begab sich zur Krabbe und teilte dem ausgedörrten Geschöpf mit, dass es nun wieder unbesorgt in der Höhle leben könne. Sie nahm zuerst einmal ein erfrischendes Bad im unterirdischen See und meinte dann – in Krabbenzeichensprache –, dass sie sehr vergnügt sei und ihr Elternhaus kaum mehr vermisse. Traurig war sie nur, dass der Professor die Murmeln vergessen hatte. Und dieser hatte einmal mehr Grund, über seine Zerstreutheit ärgerlich zu sein.

Um ihn zu trösten, umarmte sie ihn mit den Scheren!

Dann verließ er sie, während sie sich wieder auf den Krabbenfelsen in der Mitte des unterirdischen Sees zurückzog, von dem sie nun niemand mehr vertreiben würde. Ja, fortan durfte sie sich sogar Ausflüge hinaus ins offene Meer gestatten! Wie herrlich! Wenn sie hätte hören können, wären ihr sicher die Orgeltöne der Höhle wie eine himmlische Musik erklungen.

Nun war das Dringendste erledigt und der Professor konnte den Homo-Sauriern das Floß als Geschenk übergeben. Ihrem Wunsch folgend, geschah es in der Abenddämmerung, weil sie sich da am sichersten fühlten.

»Titiwu II« schaukelte am Ufer.

Der Professor, Tim Tintenklecks, Wawa und Ping Pinguin hatten sich dort versammelt. Seele-Fant war herbeigeschwommen und die Homo-Saurier umkreisten das Floß, das nun mit seinen Masten, der Hütte und den Schlafkojen ihnen gehörte.

Der Ober-Homo-Saurier hielt zum Abschied eine Ansprache: »Wir verlassen euch, pitsch pfüh, als Freunde! Ich, pfiff, bin sicher, dass ihr uns, pfüh, nie verraten werdet. Ich danke euch, pfiff, im Namen unserer Kinder, püh, für diesen hübschen, pfüh, Spielplatz! Und ich danke dir, pitsch püh, du großartiger Professor, pfiff, Habakuk Tibatong, noch einmal dafür, pitsch, dass du uns das, pfüh, einmalige Erlebnis des Lachens schenktest, pfiff!«

Der Professor war gerührt. Er fragte nur, wie sie es denn fertigbrächten, das Floß mit sich hinabzunehmen, denn es sei doch kein hohles Schiff, das sie nur mit Wasser volllaufen zu lassen brauchten. Aber für die Homo-Saurier war das keine Schwierigkeit, sie hatten große Erfahrung darin, Schiffe jeder Art zu versenken. Und in diesem Fall, meinten sie, brauchte sich nur eine genügend große Anzahl von ihnen mit ihren massigen Leibern darüberzuwälzen. Die konnte das Floß bestimmt nicht tragen!

»So lebt denn wohl, pitsch, wir kehren in unsere, püh, Verborgenheit zurück! Aber wir, pfiff, vergessen euch nicht! Euer Floß wird, püh, vor dem Rathaus stehen und wir werden es, püh, Habakuk, pitsch, Tibatongs, pfüh,

Spielplatz nennen! Alle Homo-Saurier, pitsch, stimmt ein in den Hochruf: Pitsch! Pfüh! Pfiff!«

Die Homo-Saurier reckten allesamt ihre Schwabbelhälse und ließen ein wahrhaftig ohrenbetäubendes Pfeifkonzert ertönen.

»Schade, dass öch dösö prächtögön Sangösbrödör wödör vörlörö!«, murmelte Seele-Fant.

Und dann begannen die ehemaligen Seeungeheuer das Floß langsam vor sich herzuschieben, ihrer Heimat zu.

Jedoch, laut quickend und »Halt! Öfföff!«, schreiend, rollte nun Wutz hangab.

»Wo ist das Urmel?«, japste sie.

»Komisch«, meinte der Professor. »Wieso ist mir sein Fehlen denn nicht aufgefallen!«

Und Ping Pinguin sagte leise zu Wawa: »Pfade, dass es zu dunkel ist, um Wutz' Gesicht zu sehen!«

Wutz setzte sich an den Strand und rief: »Niemand verlässt die Insel, bis Urmel wieder da ist!«

Die Homo-Saurier kehrten zurück. »Wir, pitsch pfüh, wissen wirklich nicht, wo es, pfüh, ist!«, versicherten sie verlegen.

»Oh, es ist tot, sie haben es umgebracht!«, jammerte Wutz.

Ratloses Schweigen folgte dieser schweren Anschuldigung.

Seele-Fant macht Wutz einen Vorschlag

Doch da sagte Wawa, der aufmerksam aufs Wasser geblickt hatte: »Er tschählt die Häupter seiner Lieben, und sieh, es sind statt sechse sieben!«

Weiß der Himmel, von wem er diesen Vers aufgeschnappt hatte. Jedenfalls schienen die Homo-Saurier sich tatsächlich um einen vermehrt zu haben! Nein – es war unverkennbar der Kopf des Urmels, der zwischen ihnen schwamm, mit der Nilpferdschnauze und den Fledermausohren. Und es trug sogar etwas im Maul, einen Kessel mit eisernem Bügel, wie ihn früher die Schiffsköche zum Zubereiten der Suppe verwendeten. Er war bis obenhin angefüllt mit schwarzen Kanonenkugeln.

Das Urmel schwamm an den Strand und setzte ihn dem Professor vor die Füße. »Da«, sagte es, »die Murmeln für die Krabbe! Ich habe sie von meinen, pitsch, Freunden, pfiff, geschenkt bekommen, sie haben, püh, genug davon!«

»Oh, du gutes Kind!«, jubelte Wutz. Sie war tief ergriffen. Aber sie sagte trotzdem: »Ich hoffe, dass du dir dieses dumme Gepfeife bald wieder abgewöhnst!«

»Ich finde es, pitsch, lustig!« Das Urmel lachte und dann reckte es sich hoch auf, indem es sich auf seinen Krokodilsschwanz stützte, steckte die Finger ins Maul, zog die Winkel breit auseinander und stieß einen schrillen Gassenbubenpfiff aus. »Haha!«, rief es. »Ich, pitsch pfüh pfiff, bin doch am meisten mit ihnen verwandt!«

Alle waren zusammengezuckt. Dann aber lachten sie, sogar Wutz, wenn sich bei ihr auch ein wenig Eifersucht regte.

Und die Homo-Saurier schwammen davon. Das Urmel versprach, sie von Zeit zu Zeit zu besuchen. Es hatte ihm bei ihnen in der Stadt unter dem Korallenriff, bei ihren drolligen Kindern, in ihrem Park mit den seltenen Pflanzen – und überhaupt! – zu gut gefallen.

»Trotzdem verzeihe ich es ihnen nicht, dass sie mein Kriminalspiel ›Kommissar Wutz und das Ungeheuer‹ verspeist haben, öff!«, murmelte die unglückliche Schriftstellerin.

»Schreub doch eunö Opör möt eunör Rollö för möch, för töfön Bass und möt völön Chörön!«, bat Seele-Fant.

Immer kleiner wurden die dunklen Silhouetten der Homo-Saurier und des Floßes, bis sie schließlich unter der silbern glänzenden Wasserfläche verschwanden.

»Auf Wiedersehen, Onkel Pitsch!«, rief das Urmel. Sicher hörte dieser es nicht mehr.

Der Professor hatte noch eine Aufgabe vor sich, zu deren Erfüllung er sich sehr schwer überwand.

Aber Versprechen ist Versprechen. Endlich machte er sich daran – noch in der Nacht. Er ließ sich am Tisch nieder und schrieb an Direktor Doktor Zwengelmann:

»Sehr verehrter Herr Kollege!

Ich danke Ihnen herzlich für Ihren so überaus launigen Brief. Sie haben ganz recht: Es gibt keine Urmel! Auch nach den Seeungeheuern habe ich vergeblich gesucht. Sie gehören sicherlich genauso ins Reich der Fabel!

So konnte ich Ihnen die Riesenschnecke nicht mit der Botschaft Ihrer Entdeckung senden.

Bitte nehmen Sie wieder mit dieser Himbeersaftflasche vorlieb!

Ihr sehr ergebener
Habakuk Tibatong«

Am nächsten Morgen sollte Schusch die Flaschenpost der Meeresströmung anvertrauen. Es eilte ja nicht besonders.

»Eigentlich schade!«, sagte er seufzend.

Spät, sehr spät besuchte Wutz den Professor noch einmal.

»Hast du Sorgen?«, fragte er.

»Nicht direkt, öff. Ich wollte nur etwas mit dir besprechen. Was hältst du davon, wenn ich kein Schauspiel mehr schreibe, öff?«

»Was denn sonst?« Er fürchtete schon, die Zeit ihres wütenden Putzens und Aufräumens würde wiederkehren.

»Einen Roman – eine Art Tagebuch, öff, ein großes, dickes Buch über uns alle. Was hältst du davon, öff?«

»Sehr viel!«, antwortete er erfreut. »Ich glaube, das wäre eine sehr gute Idee. Nur darf kein Geheimnis darin verraten werden. Wie willst du das Buch denn nennen?«

»Das weiß ich noch nicht, öff. Aber ich werde darüber nachdenken. So etwas wie ›Urmel und Wutz‹ oder ›Wutz und Urmel‹ könnte es sein. Man kann ja so tun, als sei es eine ausgedachte

Geschichte, dann kann sogar die Wahrheit darin vorkommen, öff, ohne dass sie geglaubt wird.«

Der Professor dachte noch lange über diese Weisheit nach und überlegte, ob er nicht irgendwie für sich selber Nutzen daraus ziehen könne.

Draußen aber, auf dem Felsenriff, saß Seele-Fant und dachte: Natörlöch hat söch wödör nömand beu mör bödankt! Traurög! Aber er war gar nicht sehr traurig. In Gedanken an den wunderbaren Chor summte er vor sich hin: »Öm töfön pötsch Köllör pföh sötz öch hör.«

Ja, dachte er, Wutz soll eunö modörnö Opör schreubön, möt völön Pfeuförn, Knallörn und Posaunön und Trompötön.

Inhalt

E e en de

Wer braucht noch einen Hund...

... wenn er ein Mammut, Faultier oder Lama haben kann?

ALLE LIEFERBAREN TITEL, INFORMATIONEN UND SPECIALS FINDEST DU ONLINE

Auch als eBook

www.dtv.de

dtv junior